el BURLADOR de sevilla

A Prose Adaptation for Intermediate Students

Marcel C. Andrade
Professor of Spanish
University of North Carolina—Asheville

Illustrations by Sandra Burton

National Textbook Company
a division of NTC Publishing Group • Lincolnwood, Illinois USA

Al doctor Rodrigo Borja Cevallos, amigo y compañero de curso del Colegio Americano de Quito, y ahora Presidente Constitucional del Ecuador.

1994 Printing

Published by National Textbook Company, a division of NTC Publishing Group.
© 1990 by NTC Publishing Group, 4255 West Touhy Avenue,
Lincolnwood (Chicago), Illinois 60646-1975 U.S.A.
Manufactured in the United States of America.

3 4 5 6 7 8 9 0 VP 9 8 7 6 5 4

Contents

Introduction

Spanish drama of the sixteenth and seventeenth centuries is similar in many ways to its Elizabethan counterpart. During this period, Spain became the most influential country in Europe. The immense economic and political power achieved during the reigns of Charles V (1517–1556) and Phillip II (1556–1598) mark the period of Spain's domination over the Low Countries and Italy, as well as the age of exploration and colonization of the Americas. The emergence of Spain as a great power lies at the heart of the flowering of artistic activity that took place in the seventeenth century (the Spanish Golden Age)—the age of Cervantes, Lope de Vega, Tirso de Molina, and Calderón. The output and quality of the Spanish dramatists is extraordinary in comparison with that of others: for example, Shakespeare's 36 plays compared to Lope de Vega's 1800, Tirso de Molina's 300, and Calderón's 120.

Tirso de Molina was the pen name of Friar Gabriel de Téllez Girón. He was born in Madrid in the 1570s and died in Soria in 1648. It has been claimed that Tirso was the illegitimate son of the Duke of Osuna, one of the foremost noblemen of the realm. As a young man, he became a Mercedary Friar and traveled extensively. He spent several years in the West Indies (Santo Domingo). Tirso held many high positions within his religious congregation. The original work of the Order of Our Lady of Mercy was the ransoming of prisoners taken captive by the Moors. After the Reconquest in 1492, this activity of the Mercedaries gave way to preaching and general missionary work.

Tirso's dramatic work can be grouped into three categories: comedies, historical plays, and religious dramas. The comedies treat the themes of love and jealousy and are characterized by complex plots. The historical plays deal with the nobility and contemporary political events. The religious plays dramatize themes of theological concern at the time. Among the religious plays are *El condenado por desconfiado* and *El burlador de Sevilla*. The latter is perhaps his best-known play. The background of this play is based upon the controversy (highly disputed at the time) between those who believed in free will and those who believed that salvation was predetermined by God. *El burlador de Sevilla* was published around the year 1630.

The play opens at night, in the palace of the King of Naples. Don Juan finds out that a secret rendezvous is to take place between Duchess Isabela and her intended husband, Duke Octavio. Don Juan arrives early at the scene of the meeting, impersonates the Duke, and deceives Isabela. His crime is discovered by Don Pedro (his uncle), who is the Ambassador of Castile in Naples. Don Pedro reproaches Don Juan; however, he lets him escape.

Don Juan flees and is shipwrecked on a shore near Tarragona, Spain. There he seduces Tisbea, a beautiful fishermaid, with the promise of marriage. He then flees once again.

Don Juan travels next to Seville, his native city. By chance, he intercepts a letter from Doña Ana, the daughter of Don Gonzalo, to her suitor, the Marquis de Mota (a friend of Don Juan). In the letter, she requests a rendezvous in her chambers at 11 P.M. However, wishing to deceive Doña Ana, Don Juan changes the hour to midnight and presents himself in place of Mota at 11 o'clock. Doña Ana discovers the impersonation in time and screams for help from her father, Don Gonzalo. A duel ensues and Don Gonzalo is killed.

Don Juan flees Seville and stops in a village, where the wedding of two villagers, Batricio and Aminta, is in progress. Don Juan tempts the bride on her wedding night by promising to marry her. He then flees back to Seville followed by Aminta, who considers herself his wife. Isabela and Tisbea have also come to Seville, pursuing Don Juan and seeking justice from the King. The King (Alfonso XI) has decreed that Don Juan must marry Isabela.

At this point, God intervenes through a series of miraculous events. By chance, Don Juan enters the chapel where Don Gonzalo is buried and mocks Gonzalo's statue, inviting it to dinner at the inn where he is staying. To his horror, the statue comes to dinner and issues a return invitation, which Don Juan accepts. He goes to dinner at Don Gonzalo's burial chapel. At the meal, the statue grasps Don Juan's hand and, ignoring his pleas for confession, drags him down to hell.

Several times during the play, Don Juan uses a metaphor from the world of moneylending: *"¡Qué largo me lo fiáis!"* ("What long-term credit you are giving me!") Don Juan does not deny his moral debt, but he believes that the pay-off is a long time away. His boastful exclamation is countered at the end of the play by Don Gonzalo, who declares: *"Quien tal hace, que tal pague."* ("He who acts in this way, must pay in this way.")

The sources of *El burlador* are difficult to trace. However, there was a long literary tradition of libertine lovers both in Spain and in Italy. Some investigators conclude that Tirso based his story upon the romantic adventures of Pedro Téllez Girón, the Duke of Osuna, who, according to some, was Tirso's half brother. The motif of the "return invitation by the dead" has long been part of ancient European folklore and appears in ancient Spanish ballads.

After Tirso de Molina, Don Juan took his place with Faust, Hamlet, and Don Quijote as one of the great figures of Western and world literature. Don Juan inspired Mozart's opera *Don Giovanni,* Molière's *Dom Juan ou le Festin de Pierre,* Hoffman's short story *Don Juan,* Dumas' *Don Juan de Marana,* Blaze de Bury's *Le souper chez le Commandeur,* and Merimée's *Les âmes du Purgatoire.* Other noted authors who treated the same theme included Alfred de Mussett, Hans Bethge, Nikolaus Lenau, Lord Byron, and Alexander Pushkin. In nineteenth-century Spain, José Zorilla wrote *Don Juan Tenorio,* portraying him traditionally as a ruthless seducer in pursuit of pleasure. One important change, however, is the element of divine forgiveness. Don Juan's soul is saved through faith, inspired by the prayers of a girl whom he seduced and whose father he killed. In the twentieth century, Don Juan has inspired such diverse authors as George Bernard Shaw, Albert Camus, Jean Anouilh, and Henry de Montherlant.

For their valuable suggestions in the preparation of this edition, I wish to acknowledge my appreciation to Prof. John E. Keller (University of Kentucky, Lexington), Prof. Frederick De Armas (Pennsylvania State University, University Park), and Prof. Claudio Malo González (Pontificia Universidad Católica del Ecuador, Sede de Cuenca). Many thanks also to my student Barbara Ledford.

Personajes° principales

Personajes Characters

Don Juan Tenorio, el protagonista. Es hijo de don Diego
Tenorio y sobrino de don Pedro Tenorio.

Catalinón, el gracioso (cómico) de la comedia. Es el sirviente de don Juan.

Isabela, una duquesa de Nápoles. Es la prometida del
duque Octavio.

Don Pedro Tenorio, tío de don Juan. Es el embajador de
España en Nápoles.

El rey de Nápoles

Octavio, un duque de Nápoles. Es el futuro esposo de
Isabela.

Ripio, el sirviente del duque Octavio.

Don Diego Tenorio, un hombre de edad avanzada. Es el
padre de Don Juan y camarero mayor° del rey Alfonso **camarero mayor** High
XI de Castilla. Chamberlain

Alfonso XI, el rey de Castilla.

Tisbea, una bella pescadora a quien ama Anfriso.

Anfriso, un pescador, quien ama a Tisbea.

Coridón, un pescador.

Belisa, una villana.

1

Marqués de la Mota, el primo de doña Ana, de quien está
   enamorado.
Don Gonzalo de Ulloa, el padre de doña Ana. Es también
   comendador mayor° de la orden de Calatrava y embajador del rey Alfonso en Lisboa.

comendador mayor
Grand Commander

Doña Ana, la hija de don Gonzalo. Ama al marqués de la
   Mota.
Aminta, una bella pastora, esposa de Batricio e hija de
   Gaseno.
Batricio, un labrador, esposo de Aminta.
Gaseno, un labrador rico, padre de Aminta.
Músicos

JORNADA° PRIMERA

I. Don Juan burla a Isabela en el palacio del rey de Nápoles.[1]

¿Quién es don Juan?

Don Juan Tenorio[2], el Burlador,° es un joven galán° español noble. Su padre, don Diego Tenorio, es el camarero mayor[3] del rey Alfonso XI de Castilla.[4] Alfonso estima

Burlador Trickster, Seducer, Rogue
galán handsome, gallant

---

1. Historically, the king of Naples at this time was Roberto, who ruled from 1309 to 1343. Spanish playwrights in the Golden Age were indifferent to historical accuracy. The play reflects more the spirit of the seventeenth century (Tirso's time) than that of the fourteenth century, which it is supposed to depict.

2. The source for Tirso's Don Juan seems to have been Don Pedro Téllez Girón (1579–1624), the Marquis of Peñafiel and a notorious libertine. He later became the Duke of Osuna. His exploits were the subject of the play *Las mocedades del Duque de Osuna* by Cristóbal Monroy y Silva. Don Pedro lived near Seville, which was the scene of his escapades. It has been suggested that Don Pedro Téllez Girón was, in fact, Gabriel de Téllez Girón's (Tirso de Molina's) half brother. Today, in Spanish, *Don Juan,* or *Tenorio,* has the meaning of "lover" or "Casanova" in English.

3. Don Diego was High Chamberlain (the officer in charge of the household of the king, his steward).

4. Alfonso XI was the King of *Castilla* and *León* from 1312 to 1350.

3

mucho a los Tenorio. A don Juan lo llama "mi hechura".[5]
Don Juan tiene la obsesión de burlar a las mujeres, lo que
causa que siempre esté de camino,° huyendo° de lugar a
lugar.° Sus acciones le traen grandes peligros. Demandan
la restitución del honor[6] de sus víctimas, en duelos. Don
Diego, para salvarlo, lo manda lejos, a Nápoles, Italia,
donde está don Pedro, su hermano, quien es el embajador
de España.

de camino on the road, traveling
huyendo fleeing
de lugar a lugar from place to place

El tiempo, lugar y acción.[7]

La comedia[8] empieza en el palacio del rey de Nápoles. Es
el siglo XIV, y la acción es una aventura galante.° Es de
noche. Don Juan conversa, a oscuras,° en la alcoba° del
rey con la duquesa Isabela, a quien acaba de burlar. Isabela cree que aquel hombre es el duque Octavio, su prometido.° Quiere cerciorarse° de que es en realidad su
Duque y enciende° una luz y ve con horror que es otro
hombre:

aventura galante romantic adventure
a oscuras in the darkness
alcoba bedroom
prometido fiancé
cerciorarse to verify
enciende lights up

ISABELA. ¡Ah, cielo!° ¿Quién eres, hombre?

¡Ah, Cielo! Oh, heavens!

D. JUAN. ¿Quién soy? Un hombre sin nombre.

ISABELA. ¿No eres el duque Octavio?

D. JUAN. No.

5. *Mi hechura* means literally "My creation." This seems to imply that Alfonso had a hand in rearing
Don Juan. Alfonso is evidently very fond of Don Juan. In this play, Alfonso shows this affection on
several occasions.

6. "Honor" and its code was a central theme in Spanish Golden Age drama. Honor implied: personal
dignity, personal pride, respect received, repute, esteem, glory, fame, good reputation. However,
these feelings became exaggerated to the point of distortion: "The loss of reputation was one
thousand times worse than the loss of one's life." Any transgression of the code of honor, however
minor, by a woman, required the husband, brother, father, or even another close male relative, to
avenge the dishonor with blood, in order to save the woman's and the family's reputation. This
concept of honor seems to have come to Spain from the Arabs, who conquered and dominated Spain
for eight centuries from 711 to 1492.

7. Of the three unities of classical drama (time, place, and action), unity of action was the only one
that was strictly observed in Golden Age drama. It was considered absolutely necessary to maintain
the flow of the plot.

8. The name *comedia* means "drama" in general in English, not comedy.

4

ISABELA.	¡Auxilio,° gente del palacio!	**¡Auxilio!** Help!
D. JUAN.	No grites. Dame, Isabela, tu mano.°⁹	**Dame tu mano.** Marry me.
ISABELA.	No me detengas, villano.° ¡Auxilio, rey, soldados, gente!	**villano** villain

Acude° el rey de Nápoles.

El rey de Nápoles entra, alarmado, en la alcoba con una
vela° en la mano:

Acude Comes to her aid

vela candle

REY.	¿Qué es esto?	
ISABELA.	¡El rey! ¡Ay, triste de mí!°	**triste de mí** poor me
REY.	¿Quién eres?	
D. JUAN.	¿Quién ha de ser?° Un hombre y una mujer.¹⁰	**¿Quién ha de ser?** Who else could it be?
REY.	(*Aparte.*) ¡Esto requiere prudencia!°¹¹ ¡Ah, guardas,° prendan° a este hombre!	**prudencia** great care **guardas** guards **prendan** take prisoner
ISABELA.	¡He perdido mi honor!	

Entra don Pedro Tenorio y pregunta al rey la causa de
tantas voces.° El rey aprovecha la oportunidad para dele-
garle° a don Pedro la investigación de este delicado pro-
blema:¹²

causa de tantas voces the reason for so much clatter

delegarle to assign to him

---

9. Don Juan, aware of the gravity of his offense, wants to appease Isabela by asking her to marry him. ("*Dame tu mano.*")

10. Don Juan is arrogant and disrespectful to the King of Naples.

11. The King recognizes that this situation violates court protocol. Furthermore, if it became known, it would be a slur upon the "honor" of the King. He is concerned with his reputation, which could be protected by secret and prudent actions.

12. Don Pedro, the Ambassador of Spain in Naples, appears to be a *Privado* ("confidant") of the King of Naples. He has obviously earned the King's trust and seems prepared to solve this very delicate matter.

D. PEDRO.   ¡Gran señor, escuché voces en tu alcoba!

REY.   Don Pedro, investiga esta prisión° con   **prisión** arrest
gran secreto. Quiero saber quiénes son
estos dos. Lo he visto con mis propios
ojos y no está el asunto° muy claro.   **asunto** matter

(*Se va el Rey.*)

D. PEDRO.   Guardas, apresen a ese hombre.

D. JUAN.   ¡Mataré a quien lo trate!

D. PEDRO.   ¡Mátenlo!

D. JUAN.   Me rendiré sólo al embajador de España,
porque soy su caballero.[13]

Entonces, don Pedro manda que todos salgan y se
queda solo con el caballero español, sin saber que es su
propio sobrino don Juan.

Preguntas

1. ¿Quién es don Juan?
2. ¿Quién es don Diego?
3. ¿Quién es Alfonso XI de Castilla?
4. ¿Cómo estima Alfonso a don Juan?
5. ¿Cuál es el problema de don Juan?
6. ¿Cuáles son las consecuencias de las burlas de don Juan?
7. ¿Cuáles son los peligros que tiene que afrontar don Juan?
8. ¿Qué es el honor?
9. ¿Cómo trata de solucionar don Diego los problemas de su hijo?
10. ¿Dónde y cuándo comienza la comedia?
11. ¿Qué es una aventura galante?
12. ¿Por qué está don Juan en la alcoba del rey con Isabela?
13. ¿Cómo reacciona Isabela cuando ve a don Juan?
14. ¿Qué quiere hacer entonces don Juan?

13. Don Juan makes sure that his uncle dismisses everyone in order to avoid scandal.

15. ¿Por qué le delega el rey a don Pedro la investigación?
16. ¿Qué ordena don Pedro?
17. ¿Qué contesta don Juan? ¿Por qué?
18. ¿Por qué es don Juan "Caballero del embajador de España"?
19. ¿Por qué manda salir a todos don Pedro?
20. Describa a don Juan.

II. Don Pedro Tenorio investiga el caso.

Don Pedro, perplejo,° quiere saber quién es el caballero **perplejo** puzzled
español que ha burlado a Isabela. Le pide que muestre su
valentía con su espada. Don Juan lo reconoce y se niega a
luchar:

D. JUAN.   Aunque soy valiente, tío, no puedo luchar
contra ti.

D. PEDRO.   ¡Di quién eres!

D. JUAN.   Soy tu sobrino.

D. PEDRO.   (*Aparte.*) ¡Ay, corazón! Temo alguna traición.° (*A don Juan.*) ¿Qué es lo que has **traición** treachery
hecho, enemigo? Dime presto° lo que ha **presto** quickly
pasado, ¡Desobediente, atrevido!° . . . **atrevido** insolent, daring
Estoy por matarte. ¡Habla!

D. JUAN.   Tío y señor, tú también fuiste joven un día
y supiste amar.[1] Por esto debes disculpar
mi amor. Ya que me obligas a decirte la
verdad, te la diré. Yo engañé° a Isabela. **engañé** deceived

D. PEDRO.   ¡Calla! . . . ¿Cómo la engañaste? Habla
en voz baja° . . . **Habla en voz baja.** Lower
your voice.

D. JUAN.   Fingí° ser el duque Octavio . . . **Fingí** I pretended to be

---

1. According to Don Juan, Don Pedro was also a libertine in his younger days.

D. PEDRO. No digas más, calla.
(*Aparte.*) Si el rey lo sabe, estaré perdido° . . . Debo cubrir° todo esto . . .[2] (*A Don Juan.*) Don Juan, tu padre te envió aquí,° por salvarte de las venganzas de otra burla que hiciste en España. ¡Tú mal pagas mi hospitalidad! . . . Pero no hay tiempo ahora. ¿Qué quieres hacer?

> **estaré perdido** I will have had it
> **cubrir** to conceal
> **te envió aquí** sent you here

D. JUAN. Mi sangre es la tuya.° ¡Mátame, señor! Me rindo° a tus pies.

> **Mi sangre es la tuya.** We are related by blood.
> **Me rindo** I surrender

D. PEDRO. Levántate.° Me convences.° ¿Te atreves a bajar por este balcón?

> **Levántate.** Stand up.
> **Me convences.** You convince me.

D. JUAN. Sí, voy con alas.° Adiós, tío.

> **alas** wings

D. PEDRO. Vete a Sicilia o Milán,[3] y vive allí encubierto.° Mis cartas te avisarán en qué termina este suceso.°

> **encubierto** disguised
> **suceso** event

D. JUAN. (*Aparte.*) Yo, señor, me voy a España.

(*Don Juan salta por el balcón.*)

Regresa el rey, y don Pedro le informa que ya ejecutó su justicia y que el culpable° escapó mal herido.° Le dice además que Isabela acusa al duque Octavio de haberla engañado.[4] El rey entonces manda que se presente Isabela ante él:

> **el culpable** the guilty one
> **mal herido** badly wounded

REY. ¡Traigan a Isabela ante mí!

ISABELA. (*Aparte.*) ¿Con qué ojos veré al rey?°

> **¿Con qué ojos veré al rey?** How can I look him in the eye?

REY. Dí mujer, ¿qué te incitó° a profanar con hermosura y soberbia° mi palacio?

> **incitó** made you
> **soberbia** arrogance

2. Don Pedro values his reputation above all. He will lie to the King to protect himself and Don Juan.

3. Sicily during the 1350s belonged to Spain. Milan, a major Italian city located approximately 200 miles north of Rome, did not come under Spanish rule until 1535.

4. Isabela has no choice but to lie about the incident and accuse Octavio, since admitting that she loved a total stranger would be, in addition to her dishonor, a sign of shallow stupidity.

ISABELA. Señor . . .

REY. El amor penetra por murallas° y alme-   **murallas** walls
nas.° Vence a los guardas y criados.⁵   **almenas** battlements
(*A don Pedro.*) Don Pedro, lleva en se-
creto a esta mujer y enciérrala en una
torre. Prende luego al duque Octavio para
que cumpla su palabra de matrimonio.

D. PEDRO. Vamos duquesa.

ISABELA. No tengo disculpa.° Mas no será tan grave   **disculpa** excuse
ofensa si el duque Octavio lo enmienda.°   **lo enmienda** makes it
   right

Isabela tiene una sola alternativa para salvar su honor, y
es casarse con el duque Octavio.

Preguntas

1. ¿Por qué se niega a luchar don Juan?
2. ¿Qué quiere saber don Pedro cuando reconoce a don Juan?
3. Según don Juan, ¿cómo era don Pedro cuando joven?
4. ¿Cómo explica don Juan el engaño a su tío?
5. ¿Por qué piensa don Pedro que estará perdido? ¿Qué hará?
6. ¿Por qué dice don Juan, "Mi sangre es la tuya"?
7. ¿Qué hará don Juan?
8. ¿A dónde manda don Pedro a su sobrino?
9. ¿A dónde irá el desobediente don Juan?
10. ¿Cómo miente don Pedro al rey?
11. ¿Por qué le acusa Isabela al duque Octavio?
12. ¿Cuál es la actitud de Isabela frente al rey?
13. ¿Qué dice el rey sobre el amor?
14. ¿Qué ordena el rey a don Pedro?
15. ¿Por qué quiere Isabela que lo enmiende el duque Octavio?

5. The idea of love as a force that cannot be controlled was typical in Tirso's time. According to this
notion, no one could oppose the fulfillment of true love.

III. Don Pedro acusa al duque Octavio.

Es el día siguiente. El duque Octavio, en su casa, se levanta muy temprano y habla con Ripio,° su criado. Dice que el fuego de su amor por Isabela lo está consumiendo.[1] Otro criado anuncia que el embajador de España está en el zaguán,° y viene para llevarlo prisionero:

Ripio *literally,* Debris

zaguán entrance

OCTAVIO. ¡Prisión! Pues, ¿por qué ocasión? Dile que entre.

(*Entra don Pedro Tenorio con sus guardias.*)

D. PEDRO. Quien con tanto descuido duerme, tiene la conciencia limpia.°[2]

tiene la conciencia limpia has nothing to hide

OCTAVIO. No es justo° que duerma yo cuando viene Vuestra Excelencia° a honrarme. ¿Cuál es el objeto de vuestra visita?

No es justo It isn't fair

Vuestra Excelencia Your Honor

D. PEDRO. Duque, el rey me mandó venir. Te traigo una embajada° mala.

embajada demand, message

OCTAVIO. Marqués,° esto no me alarma. Decidme qué es.

Marqués Marquis

D. PEDRO. El rey me manda a apresarte. No te inquietes.°

No te inquietes. Do not be alarmed.

OCTAVIO. Pues, ¿de qué se me aculpa?

D. PEDRO. Anoche, mientras el rey y yo hablábamos, escuchamos la voz de una mujer que repetía ¡*Socorro!* desde la alcoba del rey. Acudimos y el mismo rey halló a Isabela en los brazos de algún hombre poderoso.

---

1. Octavio resembles Calisto, one of the main characters in the Spanish classic *La Celestina.* Octavio, like Calisto, is overwhelmed by love.

2. This is a Spanish saying equivalent to the English "He has nothing to hide." Don Pedro says this ironically, as if Octavio had just jumped in bed to cover his tracks.

Yo traté de apresarlo, pero, como el mismo demonio, se transformó en humo y polvo,[3] saltó por los balcones del palacio y desapareció. Luego la duquesa Isabela te acusó, delante de todos, de haberla burlado.

OCTAVIO. Marqués, ¿es posible que Isabela me haya engañado? ¡Oh, mujer . . . ! ¡Ley tan terrible del honor . . . ¿Anoche un hombre con Isabela en el palacio? ¡Estoy loco![4]

D. PEDRO. Todo lo que te digo es verdad.

OCTAVIO. ¡Sé lo que tengo que hacer!

D. PEDRO. Tú eres prudente y sabio. Elige° el mejor remedio.   **Elige** Choose

OCTAVIO. Mi remedio es ausentarme.°   **ausentarme** to go away

D. PEDRO. Hazlo pronto, duque Octavio.

OCTAVIO. Quiero embarcarme rumbo a° España y dar fin a mis males.   **rumbo a** toward

D. PEDRO. Sal por esa puerta del jardín, duque, ¡huye!

OCTAVIO. ¡Adiós, Patria!° ¡Anoche un hombre con Isabela en el palacio! ¡Estoy loco!   **Patria** Fatherland, Motherland

El duque Octavio se embarca con rumbo a España.[5]

---

3. Many Spanish folktales describe the devil disappearing with an explosion in a sulphurous cloud of dust. Don Juan is portrayed by his uncle as a demonic figure. Catalinón calls Don Juan, "Lucifer" (p. 42). The situation must have been comic to the public of Tirso's time, but certainly tragic to Octavio.

4. It is curious that Octavio does not mention love at all here.

5. Instead of facing the problem, Octavio chooses to flee from it. Tirso uses this device to bring Octavio to the center of action in the play.

Preguntas

1. ¿Qué dice al levantarse el duque Octavio?
2. ¿Quién está en el zaguán? ¿Para qué viene?
3. ¿Es culpable el duque Octavio?
4. ¿Sabe la verdad don Pedro?
5. ¿Cómo reacciona el duque Octavio al saber lo ocurrido?
6. ¿Cuál es la ley terrible del honor?
7. ¿Qué hará el duque Octavio?
8. ¿Por qué siente que está loco Octavio?
9. ¿Cuál es la otra persona que se va a España?
10. Describa a don Pedro.

IV. El náufrago° don Juan enamora a la pescadora° Tisbea.

náufrago castaway

pescadora fishermaid

Don Juan y su sirviente° Catalinón llegan en una galera,° a la costa española, durante un fuerte huracán, y naufragan frente a Tarragona.[1] En la playa° Tisbea, una bellísima pescadora, está pescando. Dice que es feliz° porque desdeña° el amor. Entonces ve el naufragio:

sirviente servant
galera galley ship
playa beach
feliz happy
desdeña scorns

TISBEA.　Amo mi libertad, y me río de todos los hombres. Por esto soy la envidia de otras mujeres. Mi honor y mi virtud son sagrados. Soy sorda a los suspiros° y ruegos° de los pescadores. Rehusé° a Anfriso, a pesar de sus lisonjas,° y su dulce música de vihuela,° aunque él está dotado de muchas cualidades. ¡Qué veo en el mar! . . . ¡Se hunde una galera°! Dos hombres se arrojan al mar . . .

suspiros sighs
ruegos pleas
Rehusé I refused
lisonjas flattery
vihuela stringed instrument like a guitar
galera galley ship

(Una voz dentro.) ¡Me ahogo!°

¡Me ahogo! I'm drowning!

1. Tarragona is a city located 65 miles south of Barcelona. It was perhaps the earliest Roman settlement in Spain and served as a Roman seaport. Ruins of Roman architecture may be seen in the older parts of the city.

Veo que un hombre salva a otro. ¿No hay
nadie en la playa que los pueda socorrer?
¡Hola!° ¡Tirseo, Anfriso, Alfredo! ¡Hola!   ¡Hola! Hey there!
. . . Me ven pero no me escuchan.

Finalmente los dos hombres milagrosamente llegan a la
playa. Don Juan acaba de salvar a Catalinón[2] con riesgo°   riesgo risk
de su propia vida y queda desmayado en la playa. Catali-
nón, en cambio, está lleno de vida, y lleva a don Juan en
sus brazos, diciendo:

CATAL. ¡Mire la Cananea![3] ¡Qué salado° está el   salado salty
mar! ¡El agua salada no me gusta! ¡Cómo
quisiera encontrar un buen vino! ¡Ah, señor! ¡Don Juan, despierta! . . . ¡Está helado y frío! ¿Habrá muerto? . . . ¡Maldi-
tos° sean Jasón y Tisis![4] ¡Muerto está don   Malditos Accursed be
Juan! ¡Mísero Catalinón! ¿Qué haré sin
don Juan?

TISBEA. ¡Hombre! ¿cómo está tu compañero?

CATAL. Pescadora, sin vida está mi señor. Mira si
es verdad.

TISBEA. No, aún respira.°   respira is breathing

---

2. Catalinón is the *gracioso,* or comic actor, here. *Graciosos* were the servants in Spanish plays of this
period. Their names served as descriptions of their flaws. Some possible translations of the Andalu-
cian name *Catalinón* are: "excrement," "laxative," "coward," etc. Catalinón will refer to his own
cowardice many times during this play. The *gracioso* during the Spanish Golden Age usually lacked
all virtue, was materialistic, and given to carousing. Sometimes the *graciosos* were more intelligent or
better educated than their masters. Catalinón accurately predicts the consequences of Don Juan's
actions.

3. Christ transformed water into wine in the city of Cana (*Cananea*) (John 2:1–10). Catalinón loves
wine and is contrasting it with the seawater he has swallowed.

4. In mythology, Jason (*Jasón*) was the leader of the Argonauts, who went in search of the Golden
Fleece, and Theseus (*Tisis*) was the Greek hero who took part in that search.

—No, aún respira.

Tisbea manda a Catalinón a pedir ayuda a unos pescadores y le pregunta quién es ese caballero. Catalinón responde que es el hijo del camarero mayor del rey de España en Sevilla⁵ y su nombre es don Juan Tenorio. Se va Catalinón, y Tisbea pone a don Juan en su regazo.° Este vuelve en sí, y comienza a enamorar a la seductora° Tisbea:

regazo lap
seductora charming

TISBEA.   Mancebo° excelente, gallardo,° noble y galán . . . ¡Volved en sí° . . . , caballero!

Mancebo Single man, Bachelor
gallardo good looking
¡Volved en sí . . . ! Come to your senses . . . !

D. JUAN.   ¿Dónde estoy?

TISBEA.   Ya puedes ver: en brazos de una mujer.

D. JUAN.   Pues del infierno del mar salgo a vuestro claro cielo.° Un espantoso huracán hundió mi galera y me arrojó a tus pies. Ves tú que de amar a mar hay una sola letra de diferencia.

cielo heaven

TISBEA.   Tienes mucho aliento° para haber estado sin aliento. Aunque estás helado, tienes tanto fuego en ti . . . que me abrasas° . . . Ruega a Dios que no me mientas.⁶

aliento daring

abrasas burn

Tisbea estaba a punto° de besar a don Juan cuando les interrumpen Catalinón y dos pescadores, Coridón y Anfriso (este último ama a Tisbea). Ella les relata el naufragio de la galera. Luego manda que los lleven a su choza° para reparar sus vestidos° y darles de comer y beber. Catalinón la admira y don Juan ya se siente seducido por su hermosura:

estaba a punto de . . . was about to . . .

choza hut
vestidos clothing

5. Seville was a major city during the Spanish Golden Age, because it was there that the greatest impact of trade with South America was felt. During the sixteenth century, it became one of the largest cities of Europe. It was even called the "eighth wonder of the world." By the time of *El burlador,* Spain was in decline. This fall from greatness was accompanied by moral decadence. Tirso thus portrays Seville as a city of prostitutes, rogues, and dissolute noblemen. Cervantes expresses a similar judgement on the city in *Don Quijote* (Book 1, Chapter 14). Tirso contrasted Seville with Lisbon, which was considered to be a very "holy" city. (See note 3, p. 17.)

6. Don Juan is making a pun on the words *mar* and *amar.* Tisbea boasted of being ice-cold toward men; however, the flame of love is now burning her. She responds to Don Juan's metaphors with provocative metaphors of her own. *Aliento* has two meanings: "breath" and "daring." While Don Juan is out of breath because he nearly drowned, he has plenty of daring when it comes to Tisbea.

CATAL.   ¡Extremada° es su beldad!°   **Extremada** extreme
                                        beldad beauty

D. JUAN. Escúchame.

CATAL.   Te escucho.

D. JUAN. Si te pregunta quien soy, di que no sabes.

CATAL.   ¡A mi . . . ! ¿quieres advertirme a mí lo
         que debo hacer?[7]

D. JUAN. Estoy loco por la hermosa pescadora.
         Esta noche será mía.

Esa noche los pescadores celebran una fiesta en honor
de los náufragos, con músicos, cantos y bailes para que
aprecien las bellas costumbres de Tarragona.

Preguntas

1. ¿Qué pasa en Tarragona durante un fuerte huracán?
2. ¿Por qué es feliz Tisbea? ¿Qué ve en el mar?
3. ¿A quiénes llama Tisbea?
4. ¿Quién salva a quién?
5. ¿Por qué está tan enojado Catalinón?
6. ¿Cómo saben que don Juan está vivo?
7. ¿Dónde pone Tisbea a don Juan?
8. ¿Qué hace don Juan cuando se despierta?
9. ¿Cómo reacciona Tisbea?
10. ¿Por qué se interrumpe el beso de Tisbea?
11. ¿Qué oculta Catalinón?
12. ¿Qué hará don Juan?

7. Catalinón is perturbed because he has already given Don Juan's name and described his background to Tisbea.

V. El rey Alfonso decide casar° a don Juan con doña Ana.¹ Don Juan burla a Tisbea.

casar to marry

Regresa de Lisboa don Gonzalo, el embajador de Alfonso.

En el palacio del rey, don Gonzalo de Ulloa, el comendador mayor de Calatrava,² acaba de regresar de Lisboa.³ Informa al rey sobre su embajada,° y hace una dilatada descripción de la bella ciudad. El rey responde con cierta ironía:

embajada diplomatic task

REY. Don Gonzalo, aprecio más tu descripción de Lisboa que haberla visto con mis propios ojos. ¿Tienes hijos?

D. GONZALO. Gran señor, tengo una hija bella, que tiene un rostro° divino. Se llama Ana.

rostro face

REY. Pues yo te la quiero casar con mi propia mano.°

mi propia mano my own hand

D. GONZALO. Se hará como tú lo quieras, señor. Lo acepto por ella. ¿Quién será su esposo?

REY. Será un sevillano que está en Nápoles ahora. Su nombre es don Juan Tenorio.

D. GONZALO. Voy a darle las nuevas° a Ana.

las nuevas the news

REY. Habla con ella y vuelve con su respuesta.

1. During the Golden Age, kings were considered the representatives on earth of God's justice (the Divine Right of Kings). They were also responsible for the well-being of their subjects. They often arranged the marriages of young nobles to solve problems, preserve family "purity," safeguard wealth, etc. King Alfonso constantly tries to patch up the havoc created by Don Juan. He is certainly a better monarch than the King of Naples, who avoided responsibility.
2. *Comendador Mayor de Calatrava,* meaning "Grand Commander of the Order of Calatrava." The Order of Calatrava was a Spanish religious and military order founded in 1158 by Saint Raimond, Abbot of Fitero. Its purpose was to defend the city of Calatrava from Moorish attack.
3. Tirso loved Lisbon, the capital of Portugal. He describes it with delight in many of his plays. Portugal and Spain were united at the time this *comedia* was written, but not during the period in which the action of the play takes place. Lisbon is characterized as a saintly city, in contrast with Seville, which had the reputation of being beautiful but wicked.

Don Juan burla a Tisbea.

Mientras tanto en Tarragona, don Juan manda a Catalinón que ensille° dos yeguas° para huir después de la burla que hará a Tisbea:

que ensille to saddle
yeguas mares

D. JUAN. Catalinón, prepara estas dos buenas yeguas.

CATAL. Aunque soy Catalinón, soy muy valiente.

D. JUAN. Este es mi plan: Cuando los pescadores vayan a la fiesta, ensillarás las yeguas y nos salvarán sus cascos voladores.°

cascos voladores flying hooves

CATAL. Entonces, ¿burlarás a Tisbea?

D. JUAN. Es un hábito antiguo° mío. ¿Por qué me preguntas eso, sabiendo lo que yo soy?[4]

antiguo ancient

CATAL. Ya sé que eres el castigo° de las mujeres.[5]

castigo punishment

D. JUAN. La verdad es que muero por Tisbea. ¡Es tan bella!

CATAL. ¡Buen pago quieres dar a su hospitalidad!

D. JUAN. Necio,° lo mismo hizo Eneas con la reina de Cartago.[6]

Necio Fool

CATAL. Los que fingen y engañan así a las mujeres, siempre lo pagan con la muerte.[7]

---

4. Don Juan recognizes his psychological condition (Satyriasis, or the abnormal, insatiable desire for women).

5. Catalinón calls Don Juan by an epithet, "the scourge of women."

6. Aeneas (*Eneas*) is the hero of Vergil's Latin epic poem, the *Aeneid*. In the poem, he spurned the love of Dido, Queen of Carthage, to fulfill his heroic destiny.

7. This is the first time the death of Don Juan is foretold. Catalinón scolds Don Juan, warning him of the consequences of his actions.

D. JUAN.   ¡Qué largo me lo fiáis![8] Catalinón con ra-
               zón te llaman.

Se va Catalinón. Entra Tisbea y le declara su amor a don
Juan. Le dice que es suya. Don Juan le promete obligarse°   **obligarse** to compromise
a cualquier cosa. Don Juan promete a Tisbea ser su es-   himself
poso:[9]

D. JUAN.   Juro,° a esos ojos bellos, que me matan al   **Juro** I swear
               mirar, que seré tu esposo.[10]

TISBEA.   Advierte,° mi bien,° que hay Dios y que   **Advierte** Be warned
               hay muerte.[11]   **mi bien** my love

D. JUAN.   ¡Qué largo me lo fiáis! Y mientras Dios me
               dé vida, yo seré tu esclavo.

Los pescadores, músicos y bailadores° se preparan para   **bailadores** dancers
la fiesta. Van con Anfriso, a buscar a Tisbea y a don Juan
en su cabaña. Encuentran la cabaña ocupada, y cantan
esta canción:

> *A pescar salió la niña*
> *tendiendo redes,*
> *y en lugar de peces*
> *las almas prende.[12]*

8. *¡Qué largo me lo fiáis!* "This is a debt I'm not obliged to pay as yet!" *or* "I'll cross that bridge when I get to it." Don Juan often makes this precautionary statement.

9. Don Juan falsely promises marriage to achieve his purpose. Don Juan asked for Isabela's hand only when she called for help. With Tisbea and Aminta, he uses plays on words that are not caught by the unsophisticated women. Spanish culture considers it cowardly to make false promises of marriage.

10. Notice that Don Juan swears to marry Tisbea's beautiful eyes, not Tisbea herself. This reflects the influence of casuist morality, which had the reputation of helping people avoid strict adherence to the virtues of truth, justice, temperance, etc.

11. Tisbea warns Don Juan of the consequences if he lies. Again, his impending death by the hand of God is foretold.

12. "The fishermaid went out to fish, casting her nets, but, instead of fishes, she caught lovers' souls."

Sale entonces Tisbea en medio de trágica desesperación. Don Juan ha huído. Lo acusa de haberla burlado. Pedirá venganza al mismo rey en Sevilla. Tisbea se arroja al mar exclamando:

TISBEA. ¡Fuego,° fuego! ¡Que me quemo!° ¡Que mi cabaña se abrasa!° ¡Fuego, zagales,° fuego, agua, agua! ¡Amor, clemencia, que se abrasa el alma! ¡Ay, choza, vil instrumento de mi deshonra y mi infamia!

fuego fire
me quemo I am burning
se abrasa is burning
zagales shepherd boys, boys

Anfriso quiere vengarse de ella por su infidelidad. Tisbea intenta suicidarse, pero los pescadores la rescatan. Don Juan y Catalinón huyen en las yeguas previstas.° Los pescadores quieren perseguir° al vil° caballero.

previstas readied
perseguir to give chase
vil infamous, vile

Preguntas

1. ¿Cuál es la relación entre Alfonso y don Gonzalo?
2. ¿Cómo es la descripción de Lisboa?
3. ¿Con quién quiere casar el rey a doña Ana? ¿Por qué?
4. ¿Cuál es el plan de don Juan?
5. ¿Cuál es el hábito antiguo de don Juan?
6. ¿Cómo reacciona Catalinón?
7. ¿Por qué dice don Juan, ¡Qué largo me lo fiáis!?
8. ¿Qué le promete don Juan a Tisbea?
9. ¿Qué hacen los pescadores?
10. ¿Qué hace Tisbea?
11. ¿Qué dice Tisbea?
12. ¿Qué quieren hacer los pescadores?

JORNADA SEGUNDA

I. El rey Alfonso se entera de la burla de don Juan a Isabela.

En el palacio de Sevilla, don Diego informa al rey que don Pedro Tenorio, su hermano, se queja que hallaron a don Juan con la duquesa Isabela, en la alcoba del mismo rey de Nápoles:

REY. ¿Isabela?

D. DIEGO. Sí, señor, Isabela.

REY. ¡Qué atrevimiento temerario!° ¿Dónde está don Juan ahora?

atrevimiento temerario
reckless daring

D. DIEGO. No te puedo ocultar° la verdad, mi rey. Anoche llegó a Sevilla con un criado suyo.

ocultar to hide, to conceal

21

REY.   Ya sabes, Tenorio, que mucho te estimo.
       Informaré luego al rey de Nápoles des-
       pués de casar a este rapaz° con Isabela.   **rapaz** lad, rascal
       Esto devolverá el sosiego° al duque Octa-   **sosiego** calm
       vio, quien sufre y es inocente. Luego, al
       punto,° haz que don Juan salga deste-   **al punto** right away
       rrado a Lebrija.[1] Lo hago por ti. De otra
       manera mal lo pagaría. Don Diego, ¿có-
       mo explico esto a Gonzalo de Ulloa? Pro-
       metí casar a don Juan con Ana, su hija.

D. DIEGO.   ¿Qué me mandas a hacer, gran señor?

REY.   Tengo una solución. Lo haré mayordomo
       mayor.[2]

Llega el duque Octavio.

Anuncian la llegada del duque Octavio. Alfonso supone
que querrá un duelo con don Juan. Don Diego le ruega al
rey que no lo permita porque don Juan es su vida:°   **es su vida** is the apple of
his eye

D. DIEGO.   Señor, No permitas el desafío, si es posi-
            ble.

REY.   Yo comprendo, don Diego, es tu honor de
       padre.

       (*Entra el duque Octavio.*)

OCTAVIO.   Estoy a tus pies gran señor. Soy un mísero
           desterrado quien quiere hacer una queja.°   **queja** complaint

REY.   Levántate, duque Octavio.

OCTAVIO.   Fui agraviado por un caballero y una mu-
           jer.

---

1. Lebrija is a town in the province of Seville.
2. A *Mayordomo Mayor* was the Chief Steward, in charge of affairs in the palace.

REY. Ya sé duque tu inocencia. Le escribiré al
rey de Nápoles para que te restituya.° **te restituya** reinstate you
Además te casaré, con la gracia° de tu rey, **con la gracia** with the
con la bella doña Ana, la hija del Comen- blessing
dador don Gonzalo de Ulloa. Ella es vir-
tuosa y es el sol de las estrellas de Sevilla.[3]

OCTAVIO. Quien espera en ti, señor, saldrá lleno de
premios. Primer Alfonso eres, siendo onceno.[4]

Entran don Juan y Catalinón. Catalinón se mofa de la
condición del duque Octavio:

CATAL. Señor, detente, aquí está el duque Octavio, que es Sagitario, o mejor Capricornio[5] de Isabela.

D. JUAN. Disimula.° **Disimula.** Be quiet!

CATAL. (*Aparte.*) Cuando le vende al duque, le
adula.°[6] **adula** flatters

D. JUAN. Octavio, ¿qué tal? Sabes que cuando salí
de Nápoles, de urgencia, por orden° de mi **por orden** by the order
rey, no tuve tiempo de despedirme de ti.

OCTAVIO. Por eso, mi amigo, hoy nos juntamos los
dos en Sevilla. ¿Quién viene allí?

---

3. *El sol de las estrellas de Sevilla:* Sevilla enjoyed a reputation for its beautiful women. Ana is the most beautiful according to her father, who uses the metaphors of the sun to describe her, and stars for the beautiful women of Seville. Incidentally, there was a play written during Tirso's time entitled *La estrella de Sevilla.*

4. *Primer Alfonso:* Octavio, grateful to Alfonso, flatters him by calling him "Alfonso I," although he was actually Alfonso XI.

5. Sagittarius (*Sagitario*) is the sign of the zodiac represented by a centaur with a bow and arrow in its hand. Catalinón seems to be distorting the traditional image of Cupid. Capricorn (*Capricornio*) is also a sign of the zodiac, represented by a goat with horns. The horns have traditionally been a symbol of wifely infidelity (cuckoldry). This is a reference to Don Juan's deception of Isabela.

6. Catalinón evokes the image of Judas, who sold Jesus Christ for thirty silver coins.

D. Juan. Es el marqués de la Mota.

Catal. Señores, Catalinón estará a vuestro servi-
cio, en "Los Pajarillos"° que es un taber-   **Pajarillos** Little Birds
náculo° excelente.[7]   **tabernáculo** tabernacle

(*Salen Octavio y Catalinón.*)

Los dos libertinos,° don Juan y el marqués de la Mota,   **libertinos** libertines,
hablan de sus conquistas amorosas.   persons who are
unrestrained by morality

Preguntas

1. ¿Cómo reacciona Alfonso al saber lo que don Juan hizo?
2. ¿Dónde está don Juan?
3. ¿Qué ordena Alfonso?
4. ¿Cómo estima Alfonso a don Diego?
5. ¿Qué hará Alfonso con don Gonzalo?
6. ¿Qué pide Octavio?
7. ¿Con quién casará Alfonso a Octavio? ¿Por qué?
8. ¿Cómo reacciona Octavio? Dé una explicación.
9. ¿Cómo saluda don Juan a Octavio?
10. ¿Qué piensa Octavio de don Juan?
11. ¿Qué es "Los Pajarillos"?
12. ¿Cómo es Mota?

7. *tabernáculo:* The tabernacle in Catholic churches houses the consecrated bread and wine of the Eucharist. Catalinón refers jokingly to the wine by calling the tavern (*taberna*) a tabernacle.

II. Los libertinos don Juan y el marqués de la Mota hablan de sus aventuras amorosas.

El marqués ha buscado a don Juan todo el día y finalmente lo encuentra. Le saluda y en un diálogo muy atrevido° le habla de las mujeres galantes de Sevilla:

atrevido daring, bold

D. JUAN.   ¿Cómo está Inés?

MOTA.   Se va a Vejel.[1]

D. JUAN.   ¿Y Constanza?

MOTA.   Da lástima verla. Ha perdido todo el pelo.°

Ha perdido el pelo. She has gone bald.

D. JUAN.   ¿Cómo está Teodora?

MOTA.   Se curó del mal francés,° con muchos sudores.

mal francés French disease

D. JUAN.   ¿Y Julia del Candilejo?

MOTA.   Lucha con sus cosméticos.

D. JUAN.   ¿Viven aún las dos hermanas?

MOTA.   Viven con Tolú,[2] y con su madre Celestina,[3] quien les enseña la doctrina.

D. JUAN.   Marqués, ¿qué hay de las burlas?

MOTA.   Esquivel[4] y yo hicimos una muy buena anoche.

1. Vejer is a town in the province of Cadiz. However, there is also a humorous suggestion of *vejez*, or "old age."
2. Tolú was a port in Colombia from which monkeys were exported to Europe.
3. Celestina is the main character of a classic work of Spanish literature (1499) bearing her name. Celestina was a crafty go-between in financial and amorous matters.
4. Esquivel evidently was a friend of Mota.

D. JUAN. Quiero salir esta noche contigo, para ir a
cierto nido° que dejé. ¿Qué más hay de   **nido** nest
nuevo?

MOTA. Quiero algo imposible.

D. JUAN. ¿Y ella no te corresponde?

MOTA. Sí, ella me ama.

D. JUAN. ¿Quién es?

MOTA. Es mi prima, doña Ana, la hija de don
Gonzalo de Ulloa, quien acaba de regresar con su padre de Lisboa. Don Gonzalo
fue a Lisboa con una embajada° de Al-   **embajada** diplomatic task
fonso.

D. JUAN. ¿Es hermosa?

MOTA. Es bellísima. En ella se estremó la naturaleza.

D. JUAN. ¿Es tan bella esa mujer? ¡Dios mío, tengo
que verla!⁵

MOTA. Vas a ver la mayor belleza que los ojos del
sol pueden ver.

D. JUAN. Si es tan bella, ¿por qué no te casas con
ella?

MOTA. Porque el rey ya la tiene prometida a algún noble, y no sé quien es.⁶

D. JUAN. ¿Te corresponde?

MOTA. Sí, me escribe.

5. Don Juan becomes increasingly intrigued by the beauty of Ana and decides to meet her.
6. Marriages between close relatives were common in Europe. The nobility married its children from within the family, to maintain lineage, wealth, political alliances, etc. Hemophilia (a hereditary disease occasioned by a lack of genetic variety) was, thus, common among the nobility.

26

CATAL.	(*Aparte.*) No prosigas porque te engaña el gran Burlador de España.	
D. JUAN.	¿Por qué estás tan satisfecho así? ¿Temes desdichas?° Debieras sacarla, solicitarla, escribirla y engañarla, y que el mundo se queme.[7]	**desdichas** misfortunes
MOTA.	Estoy esperando, para ver lo que pasa al final.	
D. JUAN.	No pierdas oportunidad. Te esperaré aquí.	
MOTA.	Ya vuelvo más tarde.	

(*Se va el marqués de la Mota.*)

D. JUAN.	Catalinón, síguele al marqués y ve qué hace.	

(*Se va Catalinón.*)

(*Una voz de mujer le habla a don Juan desde una reja° de una casa.*)   **reja** the grillwork over a window

MUJER.	¡Hola, caballero! ¿Quién es usted?	
D. JUAN.	¿Quién me llama?	
MUJER.	Usted es prudente y cortés° y es amigo del marqués de la Mota. Por favor, entréguele este papel. En este papel está la felicidad de una señora.	**cortés** graciously polite
D. JUAN.	Se lo entregaré a él porque soy su amigo y soy caballero.	

---

7. In this passage, Don Juan shows himself to be an irresponsible, selfish scoffer. His attitude is well summarized by the Latin phrase *Carpe diem* (literally, "Seize the day"), meaning that life must be enjoyed, because death awaits (Horace, *Odes,* I, 11, 8).

MUJER.   Adiós señor.

(*Se va la voz.*)

D. JUAN.   Se fue la voz. ¿No es magia esto? ¡Me ha
llegado el papel por la estafeta° del viento!   **estafeta** mail
Estoy seguro que es de doña Ana. Me dan
ganas de reír. Mi mayor placer es burlar a
una mujer. Por eso toda Sevilla me llama
El Burlador. Voy a leerlo . . . Aquí firma
doña Ana, y dice así:

> *"Mi padre infiel° en secreto*   **infiel** faithless
> *me ha casado, sin poderme*
> *resistir:° no sé si podré vivir,*   **sin poderme resistir**
> *porque la muerte me ha dado.*   without my being able to
>   resist
> *Si estimas, como es razón,°*   **como es razón** as you
> *mi amor y mi voluntad, y si*   should
> *tu amor fue verdad, muéstralo*
> *en esta ocasión.*
>
> *Porque veas que te estimo,*
> *ven esta noche a la puerta; que*
> *estará a las once abierta, donde*
> *tu esperanza, primo, goces,° y el*   **tu esperanza . . . goces**
> *fin de tu amor. Traerás, mi*   your deepest hopes will
> *gloria,° por señas° de Leonorilla*   be fulfilled
> *y las dueñas,° una capa de color.*   **mi gloria** my dearest
> *Mi amor todo de ti fío,° y*   **por señas** as proof that it
> *adiós."*[8]   is you
>   **dueñas** ladies of the court
>   **todo de ti fío** is entirely in
>   your hands

Don Juan no puede creer° que la oportunidad le sea tan   **no puede creer** can't
propicia.° No sabe que doña Ana ha sido destinada a ser su   believe
esposa, por el mismo rey Alfonso. Piensa burlarla y enga-   **propicia** favorable
ñar al marqués.

8. "My dearest: My father has betrayed me. He had me marry in secret without my consent. It is
impossible for me to disobey him. I cannot go on living. If you love me, as I am sure you do, I beg you
to do what I ask. You will not be sorry. I will prove my love for you. Come to my door, dear cousin, at
eleven o'clock tonight. You will find the door open. Come inside, and I will fulfill all your hopes.
Leonorilla and my maids will know you by your cloak. Wear your crimson cloak, my love. My destiny
is in your hands. Farewell."

Preguntas

1. Diga los nombres de las mujeres galantes de Sevilla.
2. ¿Quién es Celestina?
3. ¿Qué quiere hacer don Juan?
4. ¿Qué quiere Mota? ¿A quién ama?
5. Describa a doña Ana.
6. ¿Qué quiere hacer don Juan?
7. ¿Por qué no teme Mota que don Juan conozca a doña Ana?
8. ¿Cómo es la relación entre Mota y doña Ana?
9. ¿Qué piensa Catalinón?
10. ¿Qué le sugiere don Juan a Mota?
11. ¿Qué pide la voz de una mujer?
12. Explique lo que dice la carta.
13. ¿Cómo reacciona don Juan?
14. ¿Qué oportunidad se le presenta a don Juan?
15. ¿Qué piensa hacer don Juan?

III. Don Juan se promete° burlar a doña Ana. Alfonso ordena expulsar de Sevilla a don Juan.

se promete promises himself

Don Juan se promete hacer un engaño similar al de Isabela. Llega Catalinón y don Juan le dice que hará una burla nueva. Catalinón censura a don Juan:

D. JUAN. Tenemos que hacer mucho esta noche.

CATAL. ¿Hay una burla nueva?

D. JUAN. Extremada.°

Extremada. To the utmost.

CATAL. No lo apruebo. El que vive burlando,° terminará burlado.° Pagará así todos sus pecados de una vez.[1]

burlando deceiving
burlado deceived

---

1. *Pagará así todos sus pecados de una vez:* This resembles a Biblical reference: "He who lives by the sword shall die by the sword." (Matthew 26:52; Revelation 13:10)

D. JUAN.	Impertinente, ¿te has vuelto° predica-dor?°
CATAL.	La razón hace al valiente.°2
D. JUAN.	El temor hace al cobarde.³ El sirviente nada dice y todo hace. Acuérdate del dicho: "Quien más hace más gana."⁴ La próxima vez te despediré.°
CATAL.	De aquí en adelante haré lo que mandes. A tu lado forzaré° a un tigre o a un elefante.
D. JUAN.	Calla, que viene el marqués de la Mota.

te has vuelto you have turned into
predicador preacher

valiente brave

te despediré I will fire you

forzaré I will subdue

Regresa el marqués de la Mota y don Juan le da el mensaje de doña Ana. Le advierte que deberá llevar puesta su capa roja, pero cambia la hora de la cita amorosa de las once a las doce de la noche:

MOTA.	¡Ay, amigo! Mi esperanza renació° en ti. Quiero abrazar tus pies.⁵
D. JUAN.	¡Ana no está en mis pies!
MOTA.	¡Estoy loco! ¡Vamos amigos!
D. JUAN.	(*Aparte.*) Sé que estás loco, pero a las doce, ¡harás mayores locuras!

renació was born again

2. *La razón hace al valiente:* is a saying similar to the English "Might makes right."
3. *El temor hace al cobarde:* literally, "Fear makes the coward."
4. *Quien más hace más gana:* This saying comes from the "Parable of the Talents" (Matthew 25:14–30) and the "Parable of the Pounds" (Luke 19:11–27).
5. Mota's reaction is ridiculously exaggerated.

30

Don Diego expulsa° de Sevilla a su hijo don Juan por orden del rey.

expulsa banishes

D. DIEGO. Mira Juan que Dios te permite hacer estas cosas, pero acuérdate de que su castigo no tardará, porque hay castigo para los que profanan su nombre con juramentos. Dios es un juez severo en la muerte.[6]

D. JUAN. ¿En la muerte? ¿Tan largo me lo fiáis? De aquí a la muerte hay gran jornada.°[7]

gran jornada a long way

D. DIEGO. La jornada te parecerá muy corta.[8]

Don Diego, con lágrimas° en los ojos, destierra a su hijo a Lebrija por todas sus malas acciones. Le dice que deja su castigo a Dios. Se va don Diego, y don Juan, insolente, se mofa diciéndole a Catalinón que llorar es condición propia de los viejos. Catalinón le llama a don Juan langosta° de las mujeres,[9] y el Burlador de España. Estos epítetos° agradan mucho a don Juan.

lágrimas tears

langosta locust (*pest*)

epítetos nicknames, epithets

Preguntas

1. ¿Qué nuevo plan tiene don Juan?
2. ¿Cómo reacciona Catalinón?
3. ¿Qué amenaza hace don Juan?
4. En sus palabras, ¿qué dice Catalinón?
5. Explique el mensaje que le da don Juan a Mota.
6. ¿Por qué quiere Mota abrazar los pies de don Juan?
7. En sus palabras, ¿qué dice don Juan en el aparte?

6. Don Juan's greatest offense is his presumption that God's mercy can be taken for granted.

7. Don Juan exemplifies the hedonistic enjoyment of life's pleasures expressed in the phrase *Carpe diem*. This attitude was typical of the seventeenth century (the Baroque or Decadent period).

8. Don Diego is an old man and knows life is short.

9. *langosta de las mujeres:* "locust to all women." In the Old Testament God sent plagues to punish the sins of nations and tribes (Exodus 10:1–20; Joel 1:4). Similarly, Don Juan punishes his victims, who are sinful. Don Juan, according to Catalinón, is the instrument of God's punishment.

8. ¿Con qué razones expulsa de Sevilla don Diego a don Juan?
9. En sus palabras, ¿cómo responde don Juan?
10. ¿Por qué le parecerá muy corta la jornada a don Juan?
11. ¿Cómo se mofa don Juan?
12. ¿Con qué epítetos llama Catalinón a don Juan?

IV. Don Juan fracasa en su burla a doña Ana, y mata a don Gonzalo.

Esa noche el marqués de la Mota está festejando por la calle con unos músicos que están cantando una canción:

>(*Cantan.*)
>
>> *El que un bien gozar espera,*
>> *cuando espera desespera.*[1]

MOTA. ¡Ay, qué noche tan espantosa y fría![2]
Ojalá° ya fueran las doce de la noche, para
ver a mi Ana . . . Oigo voces . . . ¿Quién
va?°

Ojalá May God grant that

¿Quién va? Who's there?

D. JUAN. ¡Amigo!

MOTA. ¿Eres don Juan?

D. JUAN. Sí, marqués. Te reconocí por tu capa roja.

MOTA. Músicos, canten, pues llegó don Juan.

>(*Cantan.*)
>
>> *El que un bien gozar espera,*
>> *cuando espera desespera.*

---

1. "For one who waits in anticipation, the passing of time is a source of desperation."
2. The night seems to predict tragic events. Mota notices the evil omens.

D. JUAN.	¿Qué casa miras, marqués?[3]
MOTA.	La casa de mi prima, doña Ana.
D. JUAN.	¿Qué hacemos esta noche?
MOTA.	Vamos de parranda.°

parranda   revel, party

D. JUAN.	Yo quiero hacer una burla.
MOTA.	Pues, cerca de aquí, me espera Beatriz.
D. JUAN.	Marqués, permíteme ir en tu lugar,° ¡Te prometo que la burlaré!

ir en tu lugar   to go in your place

MOTA.	Bien, usa mi capa roja. Finge mi voz, y cuando llegues a su celosía,° llámala, B-e-a-t-r-i-z. Ella creerá que soy yo. ¡Ja, ja, ja! . . . Te esperaré luego en las gradas de la Catedral.

celosía   Venetian blind

D. JUAN.	Adiós, marqués.

Don Juan y Catalinón no van donde Beatriz sino a la casa de doña Ana. Son las *once* de la noche. Entra don Juan en la alcoba de doña Ana, vestido con la capa roja del marqués. Ella lo descubre y grita:

ANA.	¡Falso, no eres el marqués! Tú me has engañado.
D. JUAN.	Te digo que soy el marqués.
ANA.	¡Fiero° enemigo, mientes, mientes!

Fiero   Cruel

(*Entra don Gonzalo con la espada desenvainada.*)

D. GONZALO.	¡Es la voz de mi hija Ana!

3. Here Don Juan discovers the location of Doña Ana's home.

ANA.	¿No hay quien mate a este traidor?
D. GONZALO.	¡Qué atrevimiento tan grave!
ANA.	¡Mátalo!
D. JUAN.	¿Quién está aquí?
D. GONZALO.	¡La torre° de mi honor que derribaste! **torre** tower
D. JUAN.	¡Déjame pasar!
D. GONZALO.	¿Pasar? Por la punta° de esta espada. **punta** tip
D. JUAN.	Morirás.
D. GONZALO.	No me importa° nada. **No me importa** I don't care
D. JUAN.	¡Mira, que voy a matarte!
	(*Don Juan hiere mortalmente a don Gonzalo.*)
D. GONZALO.	¡Ay, me has herido!° **herido** wounded
D. JUAN.	Tú así lo quisiste.
D. GONZALO.	Muero ahora, pero mi furia° te seguirá después de mi muerte, porque eres un traidor,° y el traidor es traidor porque es cobarde. **furia** anger, fury **traidor** traitor

Don Juan mata a don Gonzalo quien al morir le promete
que su furor lo seguirá después de la muerte. Don Juan
huye.

—Muero ahora, pero mi furia te seguirá después de mi muerte!

Preguntas

1. ¿Qué hace Mota esa noche?
2. Explique el significado de la canción.
3. ¿Cómo reconoce don Juan a Mota?
4. ¿Cómo sabe don Juan en qué casa vive doña Ana?
5. ¿Qué quiere hacer esa noche don Juan?
6. ¿Por qué quiere ir don Juan en lugar de Mota a casa de Beatriz?
7. ¿Dónde le esperará Mota a don Juan?
8. ¿A dónde van don Juan y Catalinón?
9. ¿Cómo entra don Juan en la alcoba de doña Ana?
10. ¿Por qué razón fingió don Juan ser Mota?
11. ¿Cómo reacciona doña Ana?
12. ¿Qué quiere doña Ana que haga su padre?
13. Explique lo que dice don Gonzalo.
14. ¿Qué quiere decir ". . . pasar por la punta de esta espada"?
15. ¿Por qué no le importa morir a don Gonzalo?
16. ¿Qué promesa hace don Gonzalo al morir?
17. ¿Cómo le llama don Gonzalo a don Juan? ¿Por qué?

V. Don Diego acusa al marqués de la Mota de haber matado a don Gonzalo.

El marqués espera, impaciente, su capa roja.

Se acercan las doce de la noche. Es la hora de la cita con doña Ana. El marqués no puede ir sin su capa roja:

MOTA. ¡Don Juan se demora° mucho! Muy pronto serán las doce.   **se demora** is delaying

(Entra Don Juan.)

MOTA. ¿Eres don Juan?

D. JUAN. Yo soy. Aquí te devuelvo tu capa.

MOTA. ¿Qué tal la aventura?

D. JUAN. Fue funesta.° Hubo un muerto.   **funesta** fatal

MOTA.	¿Burlaste a Beatriz?
D. JUAN.	Sí, burlé.[1]
CATAL.	(*Aparte.*) Y te ha burlado también a ti.
D. JUAN.	La burla resultó muy cara.° **cara** costly
MOTA.	Don Juan, yo la tendré que pagar porque Beatriz me culpará a mi . . .
D. JUAN.	Adiós, marqués.

El marqués responde, con angustia,° que él mismo ten-
drá que pagar cara la burla porque Beatriz lo reconocerá
por su capa roja. Don Juan se despide y huye con Catalinón. El marqués, una vez solo, escucha voces que se
lamentan:

con angustia with anguish, distress

	(*Dentro.*) ¿Se vio desdicha mayor,° se vio mayor desgracia?
MOTA.	Oigo voces en la plaza del Alcázar.[2] ¿Qué podrá ser a estas horas? ¿Por qué habrá tantas antorchas° encendidas en la casa de don Gonzalo? ¡Siento que se me hiela el corazón!
	(*Entra don Diego con guardas.*)
D. DIEGO.	¡Alto!° ¿Quién va?
MOTA.	El marqués de la Mota. Quiero saber la causa de tanto ruido y alboroto.°

¿Se vio desdicha mayor? Was there ever seen a greater misfortune?

antorchas torches

¡Alto! Stop!

alboroto disturbance, hoopla

1. *Sí, burlé:* Notice that Don Juan does not use the direct object pronoun *la;* therefore, he says merely, "I deceived" instead of "I deceived her."

2. The *plaza del Alcázar* is the square in front of the famous Moorish castle, *El Alcázar,* which is one of the historical and architectural high points of Seville.

D. DIEGO.	¡Guardas, aprésenlo![3]
MOTA.	¿Hablan así al marqués de la Mota?
D. DIEGO.	El rey me ordena prenderte. Dame tu espada.
MOTA.	¡Dios mío!

(*Entra el rey y su acompañamiento.*)

REY.	¡No hay lugar donde el criminal se pueda esconder!
D. DIEGO.	Señor, aquí está el culpable.
MOTA.	¿Vuestra Alteza manda a apresarme a mí?
REY.	Llévenlo y pongan su cabeza en una escarpia.°

escarpia hook

MOTA.	Me espanta el enojo del rey. No sé por qué me llevan preso.
D. DIEGO.	Tú lo sabes mejor que nadie.
MOTA.	¡Esta es una confusión extraña![4]
REY.	Fulmínese° el proceso,° y mañana córtenle la cabeza al marqués. Y a don Gonzalo de Ulloa entiérrenlo con la solemnidad y grandeza que se da a personas reales y sacras.° Hágase un sepulcro° con una estatua° de bronce y piedra labrada. Póngase en su epitafio,° en letras góticas, la causa de su venganza. Yo pagaré por todo. ¿Dónde está doña Ana?

Fulmínese Do it lightning fast
proceso trial (*law*)

sacras sacred
sepulcro burial monument
estatua statue
epitafio epitaph, inscription on a tombstone or burial site

---

3. Evidently Doña Ana did not know Don Juan personally. However, Leonorilla and other females in the household were instructed to let Mota in the house if they saw his red cape. In the confusion, Doña Ana never explained that the man wearing the red cape was not Mota.

4. Mota has no idea what is happening.

D. Diego.   Está con la reina.

Rey.   Castilla ha de sentir la falta del comenda-
       dor. La orden de Calatrava llorará su au-
       sencia.

Preguntas

1. ¿Por qué no puede ir Mota a su cita con doña Ana?
2. Explique la equivocación de la hora.
3. ¿Por qué dice don Juan que fue funesta la burla?
4. Explique lo que dice Catalinón en el aparte.
5. ¿Qué teme Mota?
6. ¿Qué podrá hacer Beatriz?
7. ¿Qué exclama la gente?
8. ¿Qué siente Mota?
9. ¿Por qué manda don Diego a apresar a Mota?
10. ¿Cómo responde Mota a los guardas?
11. ¿Cómo responde Mota al rey?
12. ¿Por qué no sabe Mota lo que ha sucedido?
13. ¿Cómo castigará el rey a Mota?
14. ¿Cómo enterrarán a don Gonzalo?
15. ¿Qué se pondrá en su epitafio?
16. ¿Qué siente el rey por la muerte de don Gonzalo?

VI. Don Juan interrumpe la boda de los pastores° Aminta y Batricio.

pastores shepherds

Don Juan y Catalinón huyen hacia Lebrija. Se detienen° en
Dos Hermanas,[1] donde se celebra la boda° de Batricio y
Aminta. Están presentes además, Gaseno, el padre de
Aminta, Belisa,[2] pastores y músicos. Cantan:

Se detienen They stop
boda wedding

> *Lindo sale el sol de abril*
> *con trébol y toronjil,*
> *y aunque le sirve de estrella,*
> *Aminta sale más bella.*[3]

GASENO.   Cantáis muy bien. No hay más sones° en
los kiries.[4]

sones songs

BATRICIO.   Tus rayos Aminta, compiten con el sol de
abril.

AMINTA.   ¡Gracias, Batricio! Eres falso y lisonjero.°
Si tus rayos me das, merezco° ser la luna
por ti.

lisonjero flatterer
merezco I deserve

(Entra Catalinón.)

CATAL.   Señores, van a tener un huésped en su
boda.

GASENO.   En esta boda habrá un personaje notorio.
¿Quién viene?

CATAL.   Don Juan Tenorio.

GASENO.   ¿El padre?

---

1. Dos Hermanas is a town situated southeast of Seville. It is approximately halfway between Seville and Lebrija.

2. *Belisa* is an anagram for *Isabel*.

3. "The sun of April is warm and bright, with orange flower and beautiful clover. Aminta is a star to the sun, and she is even more beautiful."

4. The Kyrie (*Kirie*) is a prayer recited at the beginning of the Catholic Mass. In Greek, *Kyrie Eleison* means "Lord, have mercy."

CATAL.   No ese Tenorio.

BELISA.   Será entonces su hijo, el galán.

BATRICIO. Lo tengo por mal agüero.°[5] Galán y caba-   **agüero** omen
           llero, siento celos. ¿Quién le informó de
           mi boda?

CATAL.   Estamos pasando, de camino, a Lebrija.

BATRICIO. (*Aparte.*) El demonio lo envió. ¡Un caba-
           llero en mis bodas! ¡Mal agüero!

Gaseno quiere invitar a todos. Dice que venga el coloso
de Rodas,[6] venga el Papa,° venga el Preste Juan[7] o el   **Papa** Pope
mismo Alfonso Onceno, que verán ánimo y valor en Ga-
seno. Dice además:

GASENO.   En la boda habrá montes° de pan, Guadal-   **montes** mountains
           quivires[8] de vino, Babilonias[9] de tocino,°   **tocino** bacon
           ejércitos de pollos° y palominos.° Venga   **pollos** chickens
           don Juan a honrar mis viejas canas° hoy   **palominos** young doves
           en Dos Hermanas.   **canas** gray hairs

           (*Entra don Juan Tenorio.*)

5. Common people at this time were extremely superstitious. In addition, Batricio's instincts are sound; his marriage *is* in danger.

6. The Colossus of Rhodes was a gigantic statue of Apollo, erected at the entrance to the Gulf of Rhodes, in Greece. The ancients considered it one of the seven wonders of the world. The statue eventually collapsed during an earthquake and was destroyed.

7. Prester John was a legendary medieval Christian priest and king of fabulous wealth and power. It was believed that he was a descendant of the Three Magi. According to the legend, he had defeated the Moslem kings of Persia. The kingdom of Prester John was believed to be in the area now known as Ethiopia. Many legends concerning this fabulous king circulated throughout Europe during the Middle Ages. During the sixteenth century (the period of travels and discoveries), many adventurers traveled there and were disappointed because the kingdom lacked the wealth and power described in the legend.

8. The Guadalquivir River is one of Spain's longest. Gaseno pretentiously boasts of having enough wine at the wedding to rival the volume of water in the river.

9. "Babylons of bacon" (*Babilonias de tocino*) is a reference to the ancient city of Babylon, which was famous in ancient times for its splendor and luxury. Any place distinguished by material wealth and comfort was called "Babylon."

D. JUAN.	Al pasar por Dos Hermanas me he enterado de que hay bodas. Quiero disfrutar° esta ocasión.	**disfrutar** to enjoy
GASENO.	Vuestra Merced° viene a honrarlas y engrandecerlas.°	**Vuestra Merced** Your Mercy **engrandecerlas** magnify them, exalt them
BATRICIO.	Yo soy el novio, y son mis bodas. (*Aparte.*) Vienes en mala hora.°	**mala hora** wrong time
GASENO.	Muévete,° Batricio, deja que se siente a la mesa Don Juan.	**Muévete** Move over
D. JUAN.	Con tu permiso,° Batricio, quiero sentarme junto a la novia.	**Con tu permiso** With your permission
BATRICIO.	Si te sientas junto a ella, señor, serás tú el novio.	
D. JUAN.	Eso no estaría mal.	
GASENO.	Señor, es el lugar de Batricio . . .	
D. JUAN.	Pido perdón por mi ignorancia.	

(*Catalinón a don Juan.*)

CATAL.	¡Pobre novio!	
D. JUAN.	Está corrido.°	**corrido** embarrassed (*made to run like a bull*)
CATAL.	Ya lo vi. El pobre tiene que ser toro° porque será corrido.[10] Pobre Batricio, has caído en las manos de Lucifer.	**toro** bull; cuckold
D. JUAN.	Aminta, tengo mucha suerte de sentarme junto a ti. Siento envidia de Batricio.	
AMINTA.	Parece que eres lisonjero.	

10. Batricio's impending cuckoldry is alluded to with the sign of the horns and the play on words: "the bull in a bullfight" (*toro corrido*).

BATRICIO. Bien dije, ¡un caballero en mis bodas!
¡Mal agüero!

GASENO. Vamos a almorzar, para que después
pueda descansar° don Juan.   **descansar** to rest

(Don Juan toma la mano a Aminta.)

D. JUAN. ¿Por qué la escondes?°   **escondes** hide, take away

AMINTA. Di mi mano a Batricio.[11]

GASENO. Vamos.

(Don Juan a Catalinón.)

D. JUAN. ¿Qué dices de esto?

CATAL. Digo que vamos . . . a morir en manos de
estos villanos.°[12]   **villanos** peasants

Don Juan toma la mano de Aminta para llevarla al almuerzo. Catalinón teme que los pastores los maten a él y a don Juan. Batricio, angustiado, repite: "En mis bodas caballero, ¡mal agüero!" Y siente morirse.

11. *Di mi mano a Batricio:* Aminta and Batricio have taken their marriage vows before witnesses, but their marriage has not yet been consummated. Don Juan wants to lead Aminta by the hand, as a good courtier. However, she immediately understands his intentions and does not lead him on, as does Tisbea.

12. The forewarning of death is frequently expressed by Catalinón.

Preguntas

1. ¿Por qué se detienen en Dos Hermanas don Juan y Catalinón?
2. ¿Qué dice Aminta de las lisonjas de Batricio?
3. ¿Quién invitó a las bodas a don Juan y a Catalinón?
4. ¿Por qué cree usted que Belisa sabe quien es don Juan?
5. ¿Cómo está Batricio?
6. ¿Cómo describe Gaseno la boda?
7. ¿Qué le manda hacer Gaseno a Batricio?
8. ¿Cuál es la ignorancia de don Juan?
9. Explique la relación entre Batricio y el toro.
10. ¿Le corresponde Aminta a don Juan?
11. ¿Por qué esconde la mano Aminta?
12. ¿Qué teme Catalinón?
13. ¿Qué repite Batricio?

JORNADA TERCERA

I. Don Juan burla a Aminta.

Los celos cómicos de Batricio.

BATRICIO. Ya no puedo sufrir más. Supongo que después de la cena, vendrá don Juan a dormir
con nosotros. Y si yo llego a mi mujer,° él   **mi mujer** my wife
me dirá "¡Grosería,° grosería!" . . . Ya   **Grosería** Ill manners
viene don Juan . . . Quiero esconderme,°   **esconderme** to hide
pero ya me vio.[1]   myself

(Entra don Juan.)

D. JUAN. Batricio.

BATRICIO. ¿Qué manda vuestra merced?

---

1. Batricio is a foolish country bumpkin and a ready source of humor. His main concern is his
honeymoon night.

D. JUAN.	Quiero que sepas algo muy importante.	
BATRICIO.	(*Aparte.*) ¿Qué puede ser sino otra desdicha° mía?	**desdicha** misfortune, misery
D. JUAN.	Batricio, hace muchos días declaré mi amor a Aminta. Le di mi alma.	
BATRICIO.	¿Y su honor?	
D. JUAN.	Me lo dio.	
BATRICIO.	(*Aparte.*) Esto prueba lo que yo sospechaba.²	
D. JUAN.	Aminta viéndose olvidada° de mí, para darme celos quiso casarse contigo. Entonces, desesperada, me escribió esta carta³ llamándome. Batricio, sálvate,° porque mataré a quien me lo impida.°	**olvidada** forgotten, ignored **sálvate** save yourself **impida** stop
BATRICIO.	Si es mi elección, quiero darte gusto.° Gózala,° señor, mil años. Yo no quiero vivir con engaños.	**darte gusto** please you **Gózala** Enjoy her

Se va Batricio, y don Juan se jacta de haberlo vencido con el honor. Dice también que los villanos tienen su honor en las manos° y siempre hacen lo que más les conviene.⁴ Luego, don Juan engaña a Gaseno, pidiéndole la mano de su hija. Gaseno la concede° con toda la inocencia; finalmente, el Burlador burla a Aminta:

honor en las manos honor on their hands (*not in their hearts*)
la concede gives his daughter in marriage

---

2. Batricio is quick to suspect the worst of Aminta. Octavio suspected Isabela in the same way.

3. Some lapse of time occurs here. Peasant weddings lasted up to three days at this time. Batricio, of course, cannot read or write. It is improbable that Aminta could either. The situation is, thus, comical.

4. Don Juan expresses his scorn towards these peasants who are concerned for their honor. Peasants thought of honor, not in terms of virtue and integrity, but as the way in which the individual was perceived by others. However, in several Golden Age plays, proud peasants do consider honor as personal virtue.

D. JUAN.   Gaseno, gracias por la mano de tu hija, y queda con Dios.[5]

GASENO.   Quisiera acompañarte para dar las buenas nuevas° a Aminta.

                          buenas nuevas good news

D. JUAN.   Ya habrá más tiempo mañana.

GASENO.   Muy bien, hasta mañana. Te doy mi hija, y con ella, mi alma.

            (*Se va Gaseno.*)

D. JUAN.   ¡Di más bien mi esposa, ja, ja, ja! Catalinón, ensilla los caballos, para salir al reír del alba.° Mañana estará muerta de risa el alba.[6]

                          reír del alba break of dawn

CATAL.   Señor, en Lebrija nos espera otra boda.[7] Vamos pronto. ¡Ojalá salgas bien!°

                          ¡Ojalá salgas bien! I hope that you come out well!

D. JUAN.   Mi padre, don Diego, es dueño° de la justicia y camarero mayor del Rey. ¿Qué temes?

                          dueño master

CATAL.   Dios toma venganza no sólo de los culpables° sino de sus compañeros. Eso me pasará a mí.

                          culpables guilty

D. JUAN.   Apresúrate.° Ensilla. Mañana iremos a Sevilla.[8]

                          Apresúrate. Hurry.

CATAL.   Mira, señor, el rey te desterró a Lebrija. Mira que hay castigo, pena y muerte.

---

5. Gaseno's vanity prevents him from understanding what is going on. Given the differences in social standing, this is an impossible marriage. Gaseno thinks that Aminta is, in fact, worthy of Don Juan.

6. . . . *estará muerta de risa el alba: El reír del alba* ("at the smile of dawn") was a common expression at this time. Don Juan jokes cynically saying that dawn literally will be dying of laughter because of the deceit.

7. The events of the play do not indicate that Don Juan knew about the King's order to marry Isabela.

8. Don Juan disobeys a direct order from his King. He will not go to Lebrija, but will return to Sevilla.

D. Juan. Si tan largo me lo fiáis, haré más burlas.
Vete, Catalinón, porque me amohinas° **amohinas** annoy
con tus temores extraños.

Don Juan engaña a Aminta.

Es la medianoche y Don Juan mira la constelación de
Pléyades[9] y siente ansias de estar con la novia. Llega a la
casa de Aminta:

Aminta. ¿Quién llama a Aminta? ¿Es mi Batricio?

D. Juan. No soy tu Batricio.

Aminta. Pues, ¿quién eres?

D. Juan. Mira despacio, Aminta, quién soy.

Aminta. ¡Ay de mí! ¡Estoy perdida! ¿En mi alcoba,
don Juan, a estas horas?

D. Juan. Estas son las horas mías.[10]

Aminta. ¡Sal de aquí, o daré voces!° Ve que hay **daré voces** I will shout
Lucrecias[11] vengativas también en Dos
Hermanas.

D. Juan. ¡Escúchame dos palabras!

Aminta. Vete, que vendrá mi esposo Batricio.

---

9. In Greek mythology, the Pleiades were the seven daughters of Atlas and Pleione. Pursued by the god Orion, they fled. Orion continued his pursuit unsuccessfully until Zeus set the sisters in heaven as a group of stars, or constellation. Even today, Orion, as a constellation himself, continues to pursue the Pleiades in the heavens, still unsuccessfully.

10. Don Juan, like the devil, walks at midnight. This is another allusion to Don Juan as a satanic figure.

11. Lucretia was the wife of Collatinus. When assaulted by the Roman Emperor Sextus Tarquinus, she committed suicide. Lucretia was often mentioned in classically influenced literature as the epitome of marital fidelity.

D. Juan.   Yo soy ahora tu esposo.

Aminta.   ¿Quién lo ha tratado?

D. Juan.   Mi dicha.°

Mi dicha. My good
fortune.

Aminta.   ¿Quién nos casó?

D. Juan.   Tus ojos.[12]

Aminta.   ¿Con qué poder?

D. Juan.   Con la vista.

Aminta.   ¿Lo sabe Batricio?

D. Juan.   Sí, y ya te ha olvidado.

Aminta.   ¿Ya me ha olvidado?

D. Juan.   Sí, y yo te adoro.

Aminta.   ¿Cómo?

D. Juan.   Con mis dos brazos.

Aminta.   ¡Qué gran mentira!

D. Juan.   Escúchame, Aminta, y sabrás la verdad.
Yo soy noble caballero, de los Tenorio,
quienes ganaron a Sevilla de los Moros.[13]
Mi padre en la corte es segundo solamente al rey Alfonso. Tiene en sus labios
el poder de vida o muerte. Cuando te vi
por primera vez, te adoré. Contigo me
casé. Y aunque el rey se oponga, y aunque mi padre trate de impedirlo, tengo
que ser tu esposo. ¿Qué respondes?

12. Again Don Juan weds a part of the body, not a person.

13. The Moors invaded Spain in 711 and were finally expelled in 1492. Seville was one of the last
Moorish strongholds to fall to Christian armies.

AMINTA. No sé qué decir. Tal vez tus palabras son mentiras. Estoy casada con Batricio y no está disuelto el matrimonio.

D. JUAN. Si no ha sido consumado, puede anularse.

AMINTA. Todo era sencillo con Batricio.

D. JUAN. Dime que sí, dándome tu mano.

AMINTA. ¿No me engañas? Pues jura° que cumplirás tu palabra.

jura swear

D. JUAN. Juro a tu bella mano[14] que cumpliré mi palabra.

AMINTA. Jura a Dios que te maldiga si no la cumples.

D. JUAN. Si te falta mi palabra, ruego a Dios que me mate un hombre . . . (*Aparte.*) muerto, ¡Dios te guarde,° no vivo, ji, ji![15]

Dios te guarde. May God keep you.

AMINTA. Pues con ese juramento, soy tu esposa.

Don Juan le promete plata, oro, collares, sortijas y perlas finas. Aminta lo llama su esposo, y le dice que es suya. Don Juan se jacta (*Aparte.*): "¡Qué mal conoces° al Burlador de Sevilla!"

¡Qué mal conoces . . . How poorly you know . . .

Preguntas

1. ¿Qué teme Batricio?
2. ¿Por qué quiere esconderse Batricio?
3. ¿Qué explica don Juan a Batricio?
4. ¿Siente un amor verdadero Batricio por Aminta?
5. ¿Qué le hará don Juan a Batricio?

14. Don Juan swears once again to a hand, not to the person, implying his lack of seriousness.
15. Don Juan will indeed be killed at the hands of a dead man.

6. ¿Qué le desea Batricio a don Juan?
7. ¿Cómo le vence don Juan a Batricio?
8. ¿Qué piensa don Juan de los villanos?
9. ¿Cómo engaña don Juan a Gaseno?
10. ¿Qué piensa usted del carácter de Gaseno?
11. ¿Por qué se ríe don Juan?
12. ¿Qué boda les espera en Lebrija?
13. Según don Juan, ¿por qué no debe temer Catalinón?
14. ¿Qué responde Catalinón?
15. ¿A dónde irán don Juan y Catalinón?
16. ¿Qué advierte Catalinón a don Juan?
17. ¿Siente don Juan algún remordimiento?
18. ¿Cómo reacciona Aminta al reconocer a don Juan?
19. ¿Qué quiere hacer Aminta?
20. ¿Qué gran mentira le dice don Juan a Aminta?
21. ¿Cómo se casó don Juan con Aminta?
22. ¿Por qué todo parecía sencillo con Batricio?
23. ¿Por qué jura don Juan?
24. ¿Qué jura don Juan en el aparte?
25. ¿Por qué cambia el amor de Aminta rápidamente de Batricio a don Juan?
26. ¿Qué le promete don Juan a Aminta?
27. ¿De qué se jacta don Juan?

II. Cambia la suerte° de don Juan.

suerte luck

Isabela llega a España y se entera de la burla a Tisbea.

La galera de la duquesa Isabela encuentra un fuerte huracán°[1] y se refugia° en Tarragona. La duquesa viene a casarse con don Juan Tenorio por orden del rey de Nápoles. Isabela se siente triste porque perdió su honor. Ve en la playa° una bella pescadora quien suspira, se lamenta y llora tiernamente. Es Tisbea quien le confía su mal:

huracán hurricane
se refugia takes refuge

playa beach

ISABELA.   ¿Por qué lamentas al mar tan tiernamente,° hermosa pescadora?

tiernamente tenderly

1. Notice the role that coincidence plays once again. Don Juan and Isabela both run into bad weather, and both end up in Tarragona.

TISBEA. Doy al mar mil quejas.° ¡Dichosa tú, por- **mil quejas** many sorrows
que no tienes cuidados, y te ríes del mar!

ISABELA. Yo también tengo quejas para el mar. ¿De
dónde eres?

TISBEA. Soy de esas tristes cabañas que puedes
ver en la playa. ¿Y tú, eres Europa llevada
por estos blancos toros?[2]

ISABELA. Me llevan, contra mi voluntad, a casarme
en Sevilla.

TISBEA. Llévame contigo y te serviré como humilde esclava. Quiero pedir justicia al rey
de un cruel engaño: Naufragó aquí don
Juan Tenorio. Lo salvé, lo hospedé y juró
ser mi esposo. Me burló y huyó de mí.
¡Pobres las mujeres que confían en los
hombres! ¿Crees que es justa mi venganza?

ISABELA. ¡Calla, mujer maldita! ¡Vete de mi presencia! Mas, no, . . . no es tu culpa . . . Te
llevaré conmigo. ¿Quién más vendrá contigo?

TISBEA. Anfriso, mi pretendiente,° que es testigo **pretendiente** suitor
de mis males.

ISABELA. Ven conmigo. (*Aparte*.) Mi venganza será
perfecta.

2. In classical mythology, Europa, the daughter of the King of Phoenicia, was carried away by Jupiter
(Zeus), who took on the form of a white bull. Jupiter abandoned Europa on the coast of Tarragona, as
Isabela is now abandoned there. Tisbea may also be referring to the oxen that pulled large ships onto
the shores at Spanish ports.

Don Juan desobedece la orden real y regresa a Sevilla.

CATAL.   ¡Todo está en mal estado!°   **mal estado** bad shape

D. JUAN.   ¿Cómo?

CATAL.   Octavio ya sabe que tú burlaste a Isabela. El de la Mota ya se enteró que cambiaste la hora del encuentro con su prima, y vestiste su capa roja para tratar de enga-ñarla. Dicen que ya llega a Sevilla Isabela para casarse contigo. Dicen . . .

D. JUAN.   ¡Calla! (*Le da un bofetón° en la boca a*   **Le da un bofetón** He
    Catalinón.)   punches him

CATAL.   ¡Me has roto una muela!°3   **muela** back tooth

D. JUAN.   Hablador, ¿quién te ha dicho tanto dispa-
    rate?°   **disparate** foolishness

CATAL.   Es la verdad, señor.

D. JUAN.   No te pregunto si es verdad. ¿Octavio me quiere matar? ¿No tengo yo manos? ¿Es-toy muerto? Catalinón, ¿dónde me alqui-
    laste° posada?°   **alquilaste** rented,
                                               reserved
                                        posada lodging

CATAL.   En una hospedería,° en una calle bien   **hospedería** inn
    oculta.°   **oculta** hidden, out of the
                                         way

D. JUAN.   Bien.

(*Entran casualmente en una iglesia.*)

CATAL.   ¡La iglesia es un lugar sagrado!

---

3. Don Juan loses patience and strikes Catalinón across the face. Don Juan seems suddenly to have real doubts. However, he soon recovers.

D. JUAN.	Di, Catalinón, que me den aquí muerte, pero de día.[4] ¿Has visto a Batricio?	
CATAL.	Lo vi muy triste.	
D. JUAN.	Aminta no se dará cuenta° del chiste todavía. Ya son dos semanas.	**dará cuenta** realize
CATAL.	Está engañada. Se cree ya tu esposa y se llama doña Aminta.	

Don Juan y Catalinón caminan y miran dentro de la iglesia.

Preguntas

1. Describa lo que pasa en un fuerte huracán.
2. Compare a Tisbea en esta escena y la escena en I-IV.
3. ¿Por qué le llama Tisbea "Europa" a Isabela?
4. ¿Qué le relata Tisbea a Isabela?
5. ¿Cómo reacciona inicialmente Isabela? ¿Por qué?
6. ¿Quién irá con Tisbea? ¿Por qué?
7. ¿Cómo cree usted que llevará a cabo su venganza Isabela?
8. ¿Según Catalinón por qué están en mal estado las cosas?
9. ¿Por qué le da un bofetón en la boca don Juan a Catalinón?
10. ¿Dónde se alojará don Juan?
11. ¿Por qué entran en una iglesia?
12. ¿Qué piensa Aminta?

---

4. *muerte de día:* Don Juan may again be concerned with his own salvation.

III. Don Juan invita burlonamente° a cenar a la estatua de don Gonzalo.

burlonamente mockingly

Don Juan y Catalinón caminan por una iglesia de Sevilla. Descubren casualmente el sepulcro de don Gonzalo de Ulloa, con su estatua encima:

CATAL.   ¡Aquí está enterrado don Gonzalo de Ulloa!

D. JUAN.   Es él a quien yo maté. ¡Le han hecho un gran sepulcro!

CATAL.   Pues, así lo ordenó el rey. ¿Qué dice ese epitafio?

D. JUAN.   *Aquí aguarda del Señor,*
el más leal caballero,
la venganza de un traidor.[1]

¡Me da risa el mote° que me da . . . de traidor! (*Le habla en chanza° a la estatua.*) ¿Y vas a vengarte buen viejo, de barbas de piedra? (*Le mesa° la barba.*[2])

mote nickname
en chanza jokingly
mesa pulls at, tears at

CATAL.   No puedes pelarlas° porque son de piedra.

pelarlas peel them off

D. JUAN.   Buen viejo, te invito a cenar esta noche en mi posada. Allí haremos el desafío,° si quieres venganza. Aunque no podremos reñir, porque tu espada es de piedra.

desafío duel

CATAL.   ¡Señor, vamos a casa, ya anochece![3]

---

1. Don Gonzalo's epitaph contains a challenge to a duel with Don Juan: "Here lies buried a loyal gentleman, to whom God has promised vengeance on an evil traitor."

2. *Le mesa la barba:* The pulling of a man's beard was a great insult. There are frequent references to this offense to dignity in medieval Spanish literature. El Cid pulled the beard of García Ordóñez, causing serious difficulties.

3. Catalinón is very frightened.

D. JUAN.   Buen viejo, tu venganza ha sido larga . . .
Si quieres vengarte de mí, no debes estar
dormido. Muerto no podrás tomar venganza. Tan largo me lo fiáis.

La estatua acepta la invitación de don Juan.

Esa noche, se producen episodios fantásticos. En la hos-
pedería de don Juan, ponen la mesa° sus criados. Don Juan **ponen la mesa** set the
se sienta a la mesa y escuchan todos un golpe espantoso° table
en la puerta. Catalinón está trémulo° de miedo. Don Juan **espantoso** frightening
manda a un criado a ver quien es. Este regresa corriendo **trémulo** trembling
lleno de miedo, y no puede hablar:

D. JUAN.   ¡No puedo resistir mi cólera! Ve tú, Catalinón.

CATAL.   ¿Yo, señor?

D. JUAN.   Ve. Muévete.°   **Muévete.** Get moving.

CATAL.   A mi abuela hallaron ahorcada, y desde
entonces creo que es su alma en pena.° **es su alma en pena** her
¡Señor, tú bien sabes que soy un Catali- soul is in sorrow
nón!°4   **Catalinón** a coward

D. JUAN.   Ve. Muévete.

CATAL.   ¡Hoy muere Catalinón! ¿Y si son las mujeres que burlaste que vienen a vengarse
de los dos?

Catalinón finalmente abre la puerta, ve, y regresa corriendo; se cae y se levanta diciendo incoherencias:

---

4. Catalinón invents the absurd story of his grandmother's suicide to delay going to the door. If his
grandmother had indeed committed suicide, according to the Church, her soul would be damned.
Catalinón is actually concerned with saving his own skin.

CATAL.	¡Válgame Dios! ¡Me matan! ¡Me tienen!

D. JUAN.	¿Quién te mata? ¿Quién te tiene?

CATAL.   Señor, yo allí vide,° luego fui . . . —   **vide** I saw
¿Quién me ase?° Llegué, cuando . . .   **ase** grabs me
después, ciego . . . Cuando vile,° juro a   **vile** I saw him
Dios° . . . Habló y dijo: ¿Quién eres   **juro a Dios** I swear to
tú? Respondió, respondí . . . luego . . .   God
Topé° y vide . . .⁵   **Topé** I bumped into him

D. JUAN.   ¡Cómo emborracha el vino!° Dame esa   **¡Cómo emborracha el**
vela,° gallina. Yo mismo voy a ver quién   **vino!** How wine gets
llama.⁶   one drunk!

Toma don Juan una vela y llega a la puerta; ve allí a la
estatua de don Gonzalo. Don Juan se retira turbado, em-
puñando su espada en una mano y la vela en la otra. La
estatua camina hacia don Juan con pasos menudos,° y al   **menudos** small
compás. Don Juan se retira y dice:

D. JUAN.	¿Quién es?

D. GONZALO.	S-o-y y-o

D. JUAN.	¿Quién eres tú?

D. GONZALO.   Soy el caballero honrado a quien convi-
daste° a cenar.   **convidaste** invited

D. JUAN.   Habrá cena para los dos, y si vienen más
contigo, también cena habrá para todos.
La mesa ya está puesta. Siéntate.

---

5. Catalinón, in a panic, speaks archaic Spanish and gibberish.

6. *¡Cómo emborracha el vino!* Don Juan assumes that Catalinón is drunk and answers the door himself.

Catalinón hace preguntas cómicas a la estatua.

Se sientan a la mesa don Juan y la estatua de don Gonzalo. Catalinón trata de mostrarse° sereno como su señor y gasta bromas° a la estatua. Esta responde a sus preguntas festivas con signos de la cabeza. Don Juan, enfadado, le manda sentarse a Catalinón:

D. JUAN. Siéntate, Catalinón.

CATAL. No, señor, lo recibo por cenado.°

D. JUAN. ¿Por qué temes a un muerto?

CATAL. Cena tú con tu invitado, porque yo ya he cenado.

D. JUAN. ¡Me enojo!

CATAL. ¡Señor, por diez huelo mal!°[7]

D. JUAN. ¡Siéntate!, te estoy esperando.

CATAL. ¡Vive Dios° que huelo mal! Huelo a muerto, y mis pantalones huelen a muerto.

Los criados tiemblan de miedo. Catalinón dice que no quiere cenar con gente de otro país,° y pregunta a Don Juan:

CATAL. ¿Yo, señor, cenar con convidado de piedra?[8]

D. JUAN. Es temor de necios.° El es de piedra, ¿qué te puede hacer?

CATAL. Puede descalabrarme.°

mostrarse appear
gasta bromas jokes

lo recibo por cenado pretend I have eaten already

¡Por diez huelo mal! By golly, I stink!

Vive Dios My goodness

país country

temor de necios fear of fools

descalabrarme crack my head

---

7. *Huelo mal:* Catalinón has soiled his own trousers. In *Don Quijote,* Sancho Panza had a similar accident (in the episode of the hammer mills).

8. *El convidado de piedra* is the alternate title for this play.

Don Juan manda a Catalinón que le hable a don Gonzalo
con cortesía:

CATAL. ¿Cómo está don Gonzalo? ¿Es la otra
vida un buen lugar? ¿Es llano° o es sie-   llano flat land
rra?° ¿Hay premios para los poetas?⁹   sierra mountain
¿Hay tabernas allá? Deberá haber, por-
que Noe¹⁰ vive allí.

La estatua de don Gonzalo responde bajando la cabeza.
Don Juan le pregunta si quiere oír una canción. La estatua
responde nuevamente bajando la cabeza. Cantan voces
ocultas:°

Si de mi amor aguardáis,°   **ocultas** hidden
señora, de aquesta° suerte   **aguardáis** you wait
el galardón° en la muerte,   **aquesta** (*poetic*) this
¡qué largo me lo fiáis!   **galardón** reward,
Si ese plazo° me convida   recompense
para que gozaros° pueda,   **plazo** the day of payment
pues larga vida° me queda,   **gozaros** to enjoy you
dejad que pase la vida.   **larga vida** long life
Si de mi amor aguardáis,
señora, de aquesta suerte
el galardón en la muerte,
¡qué largo me lo fiáis!¹¹

CATAL. ¿De cuál de las mujeres burladas cantan?

D. JUAN. En esta ocasión me río de todas. Isabela
en Nápoles . . .

CATAL. Ella no, porque se casa contigo. Pero burlaste a Tisbea, y a doña Ana . . .

9. Prizes for poets have been awarded since ancient times.

10. *Noe vive allí:* Noah was the first man to discover wine (Genesis 9:20–21).

11. "If you wait for death to come to me from above, my Lady, you waste your time . . . I'll enjoy
myself without a care.

"I have a long life ahead of me. And if this great span of life permits me to enjoy you, my Lady, let the
time go by.

"If you wait for death to come to me from above, my Lady, you waste your time . . . I'll enjoy myself
without a care."

—¿Cómo está don Gonzalo? ¿Es la otra vida un buen lugar? . . . ¿Hay tabernas allá?

D. JUAN.   ¡Calla! Aquí está el Comendador para
vengarse.

CATAL.   El es hombre de mucho valor, es de piedra
y tú de carne. No habrá buena resolu-
ción.°   **resolución**   conclusion

La estatua de don Gonzalo hace señas para que quiten la
mesa° y le dejen solo con don Juan. Catalinón advierte a   **quiten la mesa**   clean off
don Juan que no se quede con la estatua de piedra porque   the table
puede matar de un golpe a un gigante.° Se van todos y se   **gigante**   giant
quedan solamente la estatua y don Juan.

Preguntas

1. ¿Qué descubren don Juan y Catalinón?
2. ¿Qué le asombra a don Juan?
3. ¿Por qué se ríe don Juan?
4. ¿Qué significado tiene la expresión "mesar la barba"?
5. ¿Qué comenta Catalinón?
6. ¿Qué invitación hace don Juan?
7. ¿Por qué quiere regresar a casa Catalinón?
8. ¿Cuánto tiempo cree usted que ha transcurrido desde que mató don Juan a
don Gonzalo?
9. Después de poner la mesa, ¿qué ocurre?
10. ¿Cómo están Catalinón y don Juan?
11. ¿Qué razón da Catalinón para no ir a abrir la puerta?
12. ¿Quiénes teme que están en la puerta Catalinón?
13. ¿Qué incoherencias dice Catalinón?
14. Según don Juan, ¿cuál es el problema de Catalinón? ¿Cómo lo llama?
15. ¿Qué ve don Juan cuando abre la puerta? ¿Cómo responde?
16. ¿Cómo camina la estatua?
17. ¿Para quiénes habrá cena?
18. ¿Por qué dice Catalinón que huele mal?
19. ¿Qué pregunta Catalinón a don Gonzalo?
20. ¿Cómo responde don Gonzalo?
21. En sus palabras, ¿qué dice la canción?
22. ¿De quiénes se ríe don Juan?
23. Según Catalinón, ¿por qué no habrá buena resolución?
24. ¿Cómo termina esta escena?

IV. La estatua de don Gonzalo corresponde la invitación de don Juan y lo invita a cenar en su capilla.

Don Juan y la estatua de don Gonzalo están solos. La estatua le habla por primera vez, con voz de ultratumba:° **con voz de ultratumba** with a voice from the other world

D. Gonzalo.	¿Me das tu palabra° de caballero que cumplirás lo que te pediré?

¿Me das tu palabra...? Do you give me your word of honor...?

D. Juan.	Tengo honor, y cumplo mi palabra, porque soy caballero.
D. Gonzalo.	Dame tu mano; no temas.
D. Juan.	¿Eso dices? ¿Yo temor? Si fueras el mismo infierno, te daría la mano. (*Le da la mano.*)[1]
D. Gonzalo.	Bajo tu palabra y afirmado por tu mano, te esperaré mañana a las diez para la cena. ¿Vendrás?
D. Juan.	Yo creí que querías una empresa° mayor. Mañana seré tu huésped. ¿A dónde iré?

empresa undertaking

D. Gonzalo.	A mi capilla.°

capilla chapel

D. Juan.	¿Iré solo?
D. Gonzalo.	No, ven con Catalinón y cúmpleme° tu palabra como la he cumplido yo.

cúmpleme fulfill, make good

D. Juan.	Te prometo que la cumpliré, porque soy Tenorio.
D. Gonzalo.	Y yo soy Ulloa.

---

1. Don Gonzalo asks Don Juan for his hand, bringing to mind the times Don Juan asked for the hand of Isabela, Tisbea, and Aminta. Don Gonzalo imposes death as punishment for Don Juan's sins. Also, *dar la mano* implies the sealing of a gentleman's agreement. Don Juan will keep his agreement this time.

D. JUAN. Iré sin falta.

D. GONZALO. (*Camina hacia la puerta.*) Lo creo. Adiós.

D. JUAN. Adiós. Espera, te iré alumbrando.°   **alumbrando** shining a light

D. GONZALO. No alumbres, que en gracia estoy.[2]

La estatua de don Gonzalo se va caminando con pasos menudos, poco a poco, mirando a don Juan y don Juan a él, hasta que desaparece la estatua. Don Juan siente pavor, pero trata de hallar una explicación lógica:

D. JUAN. ¡Válgame Dios! Todo mi cuerpo está ba-
ñado de sudor. Se me hiela° el corazón.   **hiela** freezes
Cuando me cogió la mano pareció el calor
del mismo infierno. Su aliento° era tan frío   **aliento** breath
que parecía respiración infernal. Pero
todas estas cosas son producto de mi ima-
ginación. Mañana iré al convite del Comendador, para que toda Sevilla se ad-
mire de mi valor.

El rey ordena los matrimonios: el de don Juan e Isabela, y el del marqués de la Mota y doña Ana.

En el palacio de Sevilla, don Diego informa al rey que ya
llegó Isabela. El rey manda que se aliste° don Juan para la   **aliste** get ready
boda:

REY. Quiero que don Juan se vista muy galán.
Esto será un placer para todos. Desde
hoy le haré conde de Lebrija.[3] Isabela
perdió un duque, pero ganó un conde.

---

2. . . . *en gracia estoy:* "My way is lit by the grace of God."

3. As mentioned above, Alfonso is very fond of Don Juan. He even has a say in the way Don Juan dresses. By the King's favor, Don Juan becomes Count of Lebrija.

D. DIEGO.	Besamos tus pies por esta merced.
REY.	Don Diego, tus servicios son muy grandes. Me parece que debemos hacer las bodas de doña Ana al mismo tiempo.
D. DIEGO.	¿Con el duque Octavio?
REY.	No, con el marqués de la Mota. Doña Ana y la misma reina me han pedido que perdone al marqués. Ve a la fortaleza de Triana[4] y dile que por los ruegos de su prima, le perdono.
D. DIEGO.	Se ha hecho° lo que yo tanto deseaba.

Se ha hecho It has been done

REY.	Infórmale que esta noche serán las bodas. Informa también al duque Octavio. El pobre es desdichado con las mujeres. Dicen que quiere vengarse de don Juan.
D. DIEGO.	No me extraña, porque ya ha sabido que don Juan burló a Isabela. Señor, . . . allí viene el duque.

La demanda del duque Octavio.

Entra el duque Octavio. Alfonso le pide a don Diego que se quede allí, a su lado, para que Octavio no crea que don Diego sabe del delito de su hijo:

OCTAVIO.	Dame los pies invicto° rey.

invicto undefeated

REY.	Levántate, duque, y dime lo que quieres.
OCTAVIO.	Ya sabes que don Juan Tenorio, con española arrogancia, burló a Isabela.

---

4. *fortaleza de Triana:* The Moorish castle of Triana was located in a suburb of Seville on the Guadalquivir River. It served as a prison.

REY.   Sí, lo sé. Dime, ¿qué pides?

OCTAVIO.   Un duelo de honor con don Juan.

D. DIEGO.   ¡Eso no!

REY.   ¡Don Diego, calma!

OCTAVIO.   ¿Quién eres que hablas frente al rey de esa manera?

D. DIEGO.   Callo porque me lo manda el rey; si no, te respondería con esta espada.

OCTAVIO.   Eres un viejo.

D. DIEGO.   Fui joven en Italia, y conocieron mi espada en Nápoles.

OCTAVIO.   No vale fui, sino soy.

REY.   ¡Basta, caballeros! Tengan respeto a mi presencia. Duque, después de las bodas hablaremos más despacio. Mientras tanto quiero que sepas que don Juan es un gentilhombre de mi cámara y es mi hechura.[5] Es hijo de don Diego. Tú mirarás por él.

OCTAVIO.   Haré lo que me mandas, gran señor.

REY.   Don Diego, ven conmigo.

D. DIEGO.   (*Aparte.*) ¡Ay, hijo! Qué mal pagas mi amor.

REY.   Duque, mañana se celebrarán tus bodas.

OCTAVIO.   Se hará lo que tú mandes.

---

5. *mi hechura:* As mentioned above, Alfonso had a part in rearing Don Juan.

Aminta y Gaseno llegan a Sevilla para pedir justicia al rey. Octavio quiere vengarse.

Gaseno y Aminta llegan a Sevilla en busca de don Juan Tenorio y encuentran al duque Octavio, a quien preguntan dónde podrán encontrarlo. El duque, intrigado, quiere saber la razón.° Aminta responde que don Juan es su esposo: **la razón** the reason

AMINTA. Es mi esposo ese galán.

OCTAVIO. ¿Cómo?

AMINTA. Pues, ¿no lo sabes siendo del palacio° tú? **siendo del palacio** being a courtier

OCTAVIO. No me ha dicho nada don Juan.

GASENO. ¿Es posible?

OCTAVIO. ¡Claro que es posible!

GASENO. Doña Aminta[6] es muy honrada. Ella es cristiana vieja hasta los huesos.[7] Tiene una gran hacienda° en Dos Hermanas. Don Juan se casó con ella. Se la quitó a Batricio. **gran hacienda** great wealth

OCTAVIO. (*Aparte.*) Esta es una burla de don Juan y es una buena ocasión para vengarme . . . (*A Gaseno.*) Gaseno, ¿en qué puedo ayudarte?

---

6. The title *Doña Aminta,* assumed by a simple country girl, must have provoked great laughter in audiences of the seventeenth century.

7. *cristiana vieja:* "of ancient Christian stock." This meant that she didn't have Moorish or Jewish blood. So-called "New Christians" were Jewish converts often in name only, or those born of converts. After converting, they were able to enter into previously restricted areas of social and business life. The New Christians were highly successful in their pursuits, which led the Inquisition to examine the quality of their new faith. Thus, to be a *cristiano viejo* was not just a social status of pride, but a protection against persecution. The Holy Inquisition was a watchdog system first established by Pope Gregory IX in 1233 for the prosecution of heretics.

GASENO. Señor, soy viejo, me quedan pocos días.
Quisiera que se haga el casamiento, o de
otra manera me quejaré ante el rey.

El duque Octavio dice que eso es justo. Piensa aprove-
charse de esta ocasión para vengarse de don Juan y ha-
cerlo casar con Aminta. Les hace vestir de cortesanos,[8]
para que puedan entrar con él en el palacio. Gaseno se
consuela y Octavio anticipa su venganza del traidor don
Juan.

Preguntas

1. ¿Cómo es la voz de la estatua?
2. ¿Qué quiere don Gonzalo?
3. ¿Por qué da su palabra don Juan?
4. ¿Teme don Juan a don Gonzalo?
5. ¿Cómo hacen un pacto don Juan y don Gonzalo?
6. ¿Qué creía don Juan?
7. ¿Por qué quiere don Gonzalo que vaya también Catalinón?
8. ¿Por qué no quiere don Gonzalo que alumbre don Juan?
9. ¿Cómo trata de explicarse la situación don Juan?
10. ¿Qué sintió don Juan en este episodio?
11. ¿Por qué quiere el rey que se vista muy galán don Juan?
12. ¿Cómo perdona el rey a Mota?
13. ¿Cuál es el problema del duque Octavio?
14. ¿Qué quiere Octavio?
15. ¿Cómo reacciona don Diego?
16. ¿Cómo fue don Diego?
17. ¿Qué quiere decir, "No vale fui, sino soy"?
18. ¿Cómo termina el argumento el rey?
19. ¿Por qué dice don Diego, "Qué mal pagas mi amor"?
20. ¿Qué hará Octavio con Gaseno y Aminta?
21. ¿Por qué dice Gaseno que Aminta es cristiana vieja?
22. ¿De qué se da cuenta Octavio?
23. ¿Qué quiere Gaseno?
24. ¿Para qué les hace vestir de cortesanos Octavio a Gaseno y Aminta?

8. Courtesans and peasants wore different clothing. At a glance, one could distinguish the nobility from the peasants by their garb.

V. La muerte de don Juan.

**Don Juan describe la belleza de su futura esposa
Isabela. Catalinón hace malos augurios.°**

augurios predictions, omens

Don Juan regresa del palacio del rey Alfonso y le cuenta a
Catalinón que el rey lo recibió con más amor que su padre.
Catalinón pregunta a don Juan si vio a Isabela:

D. JUAN. La ví. Su cara es como la de un ángel,
como la rosa del alba.

CATAL. Y al fin, ¿serán las bodas esta noche?

D. JUAN. Sí, sin falta.°

sin falta without fail

CATAL. Si tus bodas hubieran sido antes, no ha-
bías burlado a tantas mujeres. Te casas
con cargas° muy grandes.

cargas burdens of conscience

D. JUAN. ¡Ya comienzas a ponerte necio nuevamente, Catalinón!

CATAL. Hoy es martes.[1] ¿Por qué no te casas
mañana?

D. JUAN. Esas son creencias° de locos y disparatados.° El único mal día es cuando no
tengo dinero.

creencias beliefs
disparatados blunderers

CATAL. Señor, te esperan para tu boda. Tienes
que vestirte.

D. JUAN. Tenemos que hacer otra cosa primero.

CATAL. ¿Qué es?

D. JUAN. Cenar con el muerto. Di mi palabra.

---

1. Tuesday is considered unlucky in Spain. A popular proverb runs: "En martes trece ni te cases ni te
embarques". "On Tuesday, the thirteenth, don't get married or embark on a trip."

(*Entran en la iglesia y van hacia el sepulcro de don Gonzalo.*)

CATAL. ¡Qué oscura está la iglesia! Quiero un cura con hisopo y estola.[2] ¡Ay de mí! Sosténme° señor, porque me tienen° de la capa.

      Sosténme Hold me up
      me tienen they are holding me

(*Aparece don Gonzalo.*)

D. JUAN. ¿Quién eres?

D. GONZALO. Soy yo.

CATAL. ¡Me muero!

D. GONZALO. Yo soy el muerto. No te espantes, Catalinón. Don Juan, no creí que cumplieras tu palabra, porque a todos burlas.

D. JUAN. ¿Me crees cobarde?

D. GONZALO. Sí. Cuando me mataste huiste.°

      huiste you fled

D. JUAN. Huí para que no me reconocieran.° Ya estoy delante de ti. Di, ¿qué quieres?

      reconocieran would not recognize

D. GONZALO. Quiero convidarte a cenar.

D. JUAN. Cenemos.

D. GONZALO. Para cenar, es necesario que levantes el mármol° que está sobre esa tumba.[3]

      mármol marble

D. JUAN. Levantaré todos los pilares° también.

      pilares pillars

---

2. *. . . cura con hisopo y estola:* ". . . a priest with sprinkler and stole." The sprinkler dispenses holy water, which, according to Catholic belief, has the power to cast away demons. Characteristically, Catalinón is frightened. The stole is a long silk band worn around the neck by priests during religious services.

3. From ancient times, many religions and cultures have practiced the custom of leaving food for the dead at the burial site (Egyptians, Incas, etc.). This belief appears in the Old Testament (Psalm 106:28).

D. GONZALO.	¡Estás muy valiente!
D. JUAN.	Tengo valor y corazón en mis carnes.
CATAL.	Esta mesa está mugrienta.° ¿No hay quien la lave?

mugrienta filthy

Se sientan a comer. Entran entonces dos pajes enlutados° para servirles. Don Gonzalo manda a Catalinón que se siente y coma:

enlutados people in mourning clothes

D. GONZALO.	Siéntate tú, y come.
CATAL.	Yo, señor, ya he comido esta tarde.
D. GONZALO.	No repliques.
CATAL.	No replico. ¿Qué es este plato, señor?
D. GONZALO.	Este plato es de alacranes° y víboras.°

alacranes scorpions
víboras vipers

CATAL.	¡Gentil° plato!

gentil gracious, elegant

D. GONZALO.	¿No vas a comer tú, don Juan?
D. JUAN.	Comeré lo que tú me des, aunque sean las víboras del infierno.
D. GONZALO.	También quiero que te canten una canción.
CATAL.	¿Qué vino se bebe aquí?
D. GONZALO.	Pruébalo.
CATAL.	¡Hiel° y vinagre°⁴ es este vino!

hiel gall
vinagre vinegar

D. GONZALO.	Este vino esprimen° nuestros lagares.°

esprimen press
lagares wine presses

---

4. *hiel y vinagre:* "gall and vinegar." According to the New Testament, gall and vinegar were given to Jesus to quench his thirst when He was crucified (Matthew 27:34).

(Cantan voces ocultas.)

> *Adviertan los que de Dios*
> *juzgan los castigos grandes,*
> *que no hay plazo que no llegue*
> *ni deuda que no se pague.*[5]

CATAL.　¡Malo es esto! Este romance° habla de nosotros.

romance romance, a poem written in eight-syllable lines

D. JUAN.　Me parte° el pecho un frío helado.°

Me parte It splits in two
helado frozen

(Siguen cantando.)

> *Mientras en el mundo viva,*
> *no es justo que diga nadie:*
> *¡Qué largo me lo fiáis!,*
> *siendo tan breve el cobrarse.*°[6]

el cobrarse the payment

D. GONZALO.　Dame tu mano, no temas.[7]

D. JUAN.　¿Yo, temor? (*Le da la mano.*) ¡Me quemo! ¡No me quemes con tu fuego!

D. GONZALO.　Este es poco fuego para lo que tú me-reces. Dios hace maravillas. El quiere que pagues muriendo a manos° de un muerto. Esta es la justicia de Dios. Quien tal hace que tal pague.[8]

a manos by the hand of

D. JUAN.　¡Me quemo! ¡No me quemes! ¡No me aprietes!° ¡Te he de matar con mi daga!° ¡Ay, me canso de dar golpes° en el aire! No burlé a tu hija doña Ana. ¡Ella me descubrió antes!

¡No me aprietes! Don't squeeze me!
daga dagger, knife
golpes strikes

---

5. "Let all know that the punishment of God is great. Judgment day is set, and no one can escape the final debt."

6. "As long as humans live their span of life, they must avoid boasting: 'I have plenty of time to pay my final debt.' No sooner said, the payment must be met."

7. Once again, the symbolic gesture of "giving one's hand" appears. This is the last time Don Juan will offer his hand.

8. *Quien tal hace que tal pague:* "As you act, so shall you pay." (Each person reaps the harvest of his or her deeds.) (Galatians 6:7–8)

—Permíteme confesión y absolución.

—No, ya es muy tarde.

D. GONZALO.	Te condena tu intención.
D. JUAN.	Permíteme confesión y absolución.[9]
D. GONZALO.	No, ya es muy tarde.
D. JUAN.	¡Me quemo! ¡Me abraso!
D. GONZALO.	Esta es la justicia de Dios. Quien tal hace que tal pague.
D. JUAN.	¡Me quemo! ¡Me abraso!

(*Cae muerto.*)

Catalinón quiere morir también para acompañar a don Juan. El sepulcro se hunde° con don Juan y don Gonzalo, con mucho ruido.° Catalinón escapa arrastrándose.° Se quema toda la iglesia. Catalinón informará a don Diego del triste suceso.

se hunde it sinks
ruido clatter, noise
arrastrándose dragging himself on the floor

Preguntas

1. ¿Cómo es el cariño del rey hacia don Juan?
2. ¿Cómo es Isabela?
3. Si las bodas hubieran sido antes, ¿qué habría hecho don Juan?
4. ¿Cuál es la superstición de Catalinón?
5. Según don Juan, ¿cuál es el día malo?
6. ¿Qué tiene que hacer don Juan antes de la boda?
7. ¿Cómo está la iglesia?
8. ¿Qué cree Catalinón?
9. ¿Qué le dice don Gonzalo a Catalinón?
10. ¿Qué es lo que no creyó don Gonzalo?
11. ¿Por qué cree don Gonzalo que don Juan es cobarde?
12. ¿Por qué dice que huyó don Juan?

9. *Permíteme confesión y absolución:* "Allow me to confess to a priest and be pardoned for my sins." Don Juan has had time to change his ways. He had been warned many times of the consequences of his behavior. Nevertheless, Don Juan assumed (unwisely and presumptuously) that he could confess his sins at the very last moment.

13. ¿Qué tiene que hacer don Juan para cenar?
14. ¿Por qué dice que tiene valor don Juan?
15. Describa la mesa.
16. ¿Por qué no quiere sentarse a comer Catalinón?
17. ¿Qué contiene el plato de Catalinón? ¿Por qué?
18. ¿Qué dice que comerá don Juan?
19. Describa el vino. ¿Cómo se relaciona el vino con la tradición cristiana?
20. En sus palabras, ¿qué dice la canción?
21. ¿Qué piensa Catalinón?
22. ¿Qué simboliza el pecho helado de don Juan? ¿Qué pasó con todo el fuego que tenía en su pecho?
23. ¿Qué simboliza dar la mano?
24. ¿Cómo mata don Gonzalo a don Juan?
25. ¿Muere don Juan a manos de un muerto? Explique "Quien tal hace que tal pague".
26. ¿Qué quiere hacer don Juan? ¿Cuál es su última excusa?
27. ¿Por qué quiere confesarse don Juan?
28. ¿Por qué es ya muy tarde?
29. ¿Cómo muere don Juan?
30. ¿Qué dice al final don Gonzalo?
31. ¿Qué quiere hacer Catalinón?
32. Describa el fin de la última escena.

VI. El rey Alfonso hace justicia.

El rey se entera de todos los abusos de don Juan.

En el palacio están Alfonso, don Diego, y varios corte-sanos:

>(*Entran Batricio y Gaseno.*)

BATRICIO.   Señor, ¿permites a tus nobles cometer abusos tan grandes con los miserables?[1]

REY.   ¿Qué dices?

---

1. Batricio disrespectfully speaks his mind to the King. This is an attack against the abuses of the nobility of the time. The nobility was expected to set an example of virtuous behavior.

BATRICIO. Don Juan Tenorio me quitó mi mujer la noche de mi matrimonio. Tengo aquí testigos.

(*Entran Isabela y Tisbea.*)

TISBEA. Señor, si no haces justicia, me quejaré a Dios y a los hombres. Don Juan llegó a mí náufrago. Le di vida y me burló, prometiéndome ser mi marido.

REY. ¿Qué dices?

ISABELA. Dice la verdad.

(*Entran Aminta y el duque Octavio.*)

AMINTA. ¿Dónde está mi esposo?

REY. ¿Quién es?

AMINTA. ¿Aún no lo sabes? Es don Juan Tenorio. El me debe mi honor. Y es noble. Manda, rey, que nos casemos.[2]

(*Entra el marqués de la Mota.*)

MOTA. Gran señor, debes saber la verdad. Fue don Juan el culpable de lo que me imputaste,° no yo. Tengo dos testigos.   **imputaste** blamed

REY. ¿Hay desvergüenza más grande? Quiero que lo apresen y lo maten inmediatamente.

D. DIEGO. Señor, haz que prendan a don Juan y que pague sus culpas mi hijo, para que rayos del cielo contra mi no bajen.

---

2. Like Batricio, Aminta speaks very directly to the King. Legally, Don Juan was bound to her, because the promise of marriage made to her constituted a binding verbal contract.

REY.   Esto harán mis privados.°   **privados** favorites

(*Entra Catalinón.*)

CATAL.   Señores, escuchen el suceso° más ex-   **suceso** event
traño en todo el mundo, y luego denme la
muerte. Don Juan, después de quitarle el
honor y la vida[3] al Comendador, le mesó
la barba a su estatua. Le convidó a cenar.
La estatua le invitó a él, a su vez. Al
acabar la cena le tomó la mano. La apretó
hasta matarlo, y dijo: "Dios me manda
que así te mate, castigando tus delitos:
'Quien tal hace que tal pague.'"

REY.   ¿Qué dices?

CATAL.   La verdad. Y acabo diciendo que don
Juan no burló a doña Ana porque fue
sorprendido por el Comendador.

MOTA.   Mil albricias° quiero darte por las nue-   **albricias** congratulations
vas.[4]

REY.   ¡Este es justo castigo del cielo! Y ahora
bien, es hora de que se casen todos, pues
la causa° de tantos desastres ha muerto.   **causa** reason

OCTAVIO.   Pues ha enviudado[5] Isabela, quiero casarme con ella.

MOTA.   Yo con mi prima, doña Ana.

BATRICIO.   Y nosotros queremos casarnos con nues-
tras mujeres, para que acabe *El Convidado de piedra.*

---

3. Notice that one's honor takes precedence over one's life.
4. Mota is delighted to discover that Don Juan didn't deceive Doña Ana.
5. Octavio also feels that Alfonso's order that Don Juan and Isabela marry made them legally husband and wife. Therefore, she is now a widow, and Octavio can honorably marry her.

Rey. Y el sepulcro se traslade a la iglesia de
San Francisco[6] en Madrid, para memoria
más grande.

Preguntas

1. ¿De qué acusa Batricio al rey?
2. ¿Qué amenaza hace Tisbea al rey?
3. ¿Qué busca Aminta?
4. ¿Qué acusación hace Mota?
5. ¿Qué quiere hacer el rey en ese momento?
6. ¿Qué quiere don Diego? ¿Para qué?
7. ¿Qué describe Catalinón?
8. Según Catalinón, ¿por qué no burló don Juan a doña Ana?
9. ¿Por qué le quiere dar mil albricias Mota a Catalinón?
10. ¿Qué dice el rey?
11. Octavio dice que Isabela ha enviudado. ¿Cuál es el significado de esto?
12. ¿Cuál es el otro título de esta obra?
13. ¿A dónde trasladarán el sepulcro de don Gonzalo?
14. Analice el fin de esta comedia.

6. The church of San Francisco was founded as a hermitage in the thirteenth century. It became a
church in the fifteenth century and was renovated in 1617.

Vocabulario

The Master Spanish-English Vocabulary presented here represents the vocabulary as it is used in the context of this book.

The nouns are given in their singular form followed by the definite article only if they do not end in **-o** or **-a.** Adjectives are presented in their masculine singular form, followed by the feminine ending if it differs. Verbs are given in their infinitive form followed by the reflexive pronoun (**se**), if it is required; by the stem changes (**ie**), (**ue**), (**i**); and by the orthographic changes (**c**), (**z**), (**zc**).

A

abrasar to burn
absolución, la pardon, absolution
acercar to come near
acompañamiento accompaniment
acompañar to accompany
acudir to attend, to come
adelante onward, in front
además besides
advertir (ie) to warn, to notice
afrontar to face up to, to insult
agradar to please
agraviar to offend
aguardar to wait

agüero omen
ahorcado, -a hanged
aire, el air
alacrán, el scorpion
ala, el *(fem.)* wing
alba, el *(fem.)* dawn
alboroto clatter
albricias, las congratulations
alcázar, el royal palace
alcoba bedroom
aliento breath
alistar(se) to get ready
allá there
allí there
alma, el *(fem.)* soul

almena battlement
alojar(se) to take lodging, to house oneself
alquilar to rent
alteza highness
alumbrar to light one's way
amar to love
amenaza threat
amenazar to threaten
amohinar to annoy
angustia anguish
angustiado, -a anguished
ánimo courage
anoche last night
anochecer, el dusk
ansia anxiety
ante before
antes formerly
antorcha torch
anular to void
aparte aside
aprecio appreciation
apresar to take prisoner
apresurar(se) to hurry oneself
apretar (ie) to squeeze
aprovechar to take advantage of
aquesta this (*archaic form*)
arrastrar(se) to drag oneself
arrojar(se) to throw oneself
asombrar to surprise, to astonish
asunto matter
atrever(se) to dare
atrevido, -a daring
atrevimiento dare
augurio omen
aún still, yet
ausencia absence
ausentar(se) to depart
auxilio help
avisar to inform

B

bailador, el dancer (*folk*)
baile, el dance
bajar to go down
balcón, el railing; balcony
bañar to bathe
barba beard
beldad, la beauty

besar to kiss
beso kiss
bofetón, el hard slap, strike
breve brief
broma joke
bronce, el bronze
burlador, el deceiver, seducer
burlar to seduce

C

caballero gentleman, knight
caballo horse
cabaña hut
callar to silence
cámara chamber
camarero chamberlain
cambiar to exchange
cana gray hair
candilejo small oil lamp
canto song
capa cape
capilla chapel
carga load
carta letter
casado, -a married
casamiento marriage
casco hoof
castigar to punish
castigo punishment
celos, los jealousy
celosía Venetian blinds
censura censure
cerciorar(se) to verify, to check
ciego, -a, el o la blind person
cita appointment, engagement
clemencia clemency, mercy
cobarde, el coward
cobrar to collect
cólera anger
collar, el collar; necklace
coloso, el colossus
comedia play
comendador, el commander; knight
cometa, el comet
compañero companion
compás, el compass; beat
conceder to grant
conciencia conscience
conde, el count (*aristocracy*)

condenar to condemn, to damn
confesar(se) to confess oneself
confiar (confío) to trust
consumar to consummate; to finish
consumir to consume
convencer (convenzo) to convince
convidado male guest
convidar to invite
convite, el dinner party, banquet
corresponder to correspond
corrido, -a embarrassed; made to run like a bull
corte, la court, nobles living in the royal palace
cortés courteous, polite
cortesano courtier
cortesía courtesy
costumbre, la custom
creencia belief
criado servant
criado, -a raised
cualquier any
cubrir to cover
cuenta account, bill
cuidado care
culpa blame
culpable guilty
culpar to blame
cumplir to fulfill
cura, el priest

CH

chanza joke, jest
chiste, el joke
choza hut

D

dado dice
daga dagger
delegar to delegate
delito crime
demandar to demand; to sue
demorar to delay
derribar to fell; to demolish
desafío challenge; duel
desaparecer (zc) to disappear

descalabrar(se) to bash one's head; to be ruined
describir to describe
descubrir to discover
descuido neglect
desdeñar to disdain
desdicha misfortune, misery
desenvainar to draw out, to remove, to unsheathe
desesperar to despair
desgracia misfortune
deshonra dishonor
desmayar(se) to faint
desobedecer (zc) to disobey
despacio slow
despedir (despido) to bid farewell; to dismiss
desterrar (destierro) to banish
desvergüenza shamelessness
deuda debt
devolver (devuelvo) to return
dicho saying
dichoso, -a fortunate; happy
dilatado, -a extensive
disculpar to excuse
disfrutar to enjoy
disparatado, -a foolish
disparate, el foolish thing
doctrina doctrine
don title of respect *(masc.)*
doña title of respect *(fem.)*
dotado, -a endowed
dueña lady-in-waiting, owner
dueño owner
dulce sweet

E

ejecutar to accomplish
ejército army
embajada demand; diplomatic message
embajador, el ambassador
embarcar to set sail
emborrachar to get drunk
empresa enterprise
empuñar to clench, to grasp
enamorar to court
encender (enciendo) to light up
encerrar (encierro) to confine, to lock up
encima on top

encubierto, -a hidden, concealed
enfadar to anger
engañar to deceive
engaño deception
engrandecer (zc) to enlarge; to exalt
enlutado, -a in mourning clothes
enmienda correction
enojado, -a angry
enojo anger
enseñar to teach, to show
ensillar to saddle
enterar(se) to find out
enterrar to bury
entregar to deliver, to hand over
envidia envy
enviudar to become a widow or widower
epitafio epitaph; inscription on a tomb
epíteto epithet
equivocación, la mistake
escarpia meat hook
esclavo, -a slave
espada sword
espantar to frighten, to scare
espantoso, -a frightening
esperanza hope
esprimir to squeeze
estado state, condition
estafeta courier; diplomatic pouch
estrella star
extrañar to miss
extraño, -a strange
extraño stranger
extremar to finish, to bring to an end

F

falta fault
festejar to celebrate
festivo, -a festive
fiar to trust, to give credit
fiero, -a fierce
fingir (finjo) to pretend
firma signature
fortaleza fortress
forzar to overpower by strength, to force
fracasar to fail
frente, la forehead
frente a in front of
funesto, -a lamentable

G

galán, el suitor; good looking man
galardón, el reward
galera galley ship (vessel with oars)
gallardo, -a graceful; genteel
gana desire
gentilhombre, el gentleman
gigante, el o la giant
golpe, el strike
gozar to enjoy
gracia grace, pleasing manners
grada step
gritar to shout, to cry out
grosería rudeness, ill breeding
guarda, el o la guard
gusto pleasure

H

hacienda property, fortune
hecho fact
hechura a person who owes his fortune to another
helado, -a frozen
herido, -a wounded, wound
hermosura beauty
hisopo holy water sprinkler
hospedar to lodge
hospedería lodge
hueso bone
huésped, el o la guest
humilde humble
humo smoke
hundir to sink
huracán, el hurricane

I

impedir (impido) to hinder
importar to matter
imputar to attribute, to blame
incitar to incite
infamia infamy
infiel disloyal, unfaithful
intentar to try, to attempt
intrigar to scheme, to plot
invicto, -a unconquered

J

jactar to boast
juez, el judge
juntar to gather together
junto a next to
juramento oath
jurar to swear, to take an oath
juzgar to judge

K

kirie, el kyrie eleison, prayer said near the beginning of the Roman Catholic Mass

L

labrado, -a worked, tilled
lagar, el wine press
lágrima tear
langosta locust, plague
largo, -a long
leal loyal
libertino, -a libertine, lewd
lisonja flattery
lisonjero flatterer
locura madness; crazy thing
lucha struggle, wrestle
luchar to wrestle

LL

llano plane, flat
llenar to fill

M

maldito, -a damned, cursed
mar, el sea
maravilla wonder, marvel
marido husband
mármol, el marble
marqués, el marquis
más more
mas but
mayor older; greater

mayordomo steward
medio, -a mid-, half-
mensaje, el message
mentira lie
menudo, -a small
merced, la mercy, favor
merecer to deserve
mesar to pull one's beard
milagrosamente miraculously
mísero, -a miserable
mofa mockery
mofar(se) to jeer
moro Moor
mote, el nickname
mugriento, -a filthy
mula mule
muralla wall
músico musician

N

naturaleza nature
naufragar to shipwreck
necio fool
nido nest
novio, -a groom/bride
nuevamente once again
nuevas, las news

O

objeto object
obligar(se) to compel oneself
obra work
ocultar to hide
ocupado, -a busy
ocurrir to happen
oír (oigo—oyes . . .) to listen
ojalá God willing
onceno eleventh
orden, el order, orderly manner
oro gold
oscuro, -a dark

P

país, el country, region
pajarillo small bird

paje, el page (*in court*)
palomino a young pigeon
pantalón, el pants
Papa, el the Pope
parecer (zc) to seem
parranda party, spree
pasar to pass
paso, el steps
pastor, el shepherd
pavor, el fright
pecado sin
pecho chest, breast
pelar to peel, to skin
peligro danger
pelo hair
pena sorrow
penetrar to enter, to penetrate
permiso permission
perplejo, -a perplexed, astonished
perseguir (persigo) to chase
pesar, el sorrow
pescador, -a fisherman/fishermaid
pescar to fish
pez, el fish
piedra stone
pilar, el pillar
placer, el pleasure
plata silver
plato plate, dish
plazo the period agreed upon for paying
  a bill
poder, el power
poderoso, -a powerful
pollo, -a chick
polvo dust
posada inn
predicador, el preacher
premio reward
preso prisoner
preste, el priest
presto, -a quick
pretendiente, el suitor
previsto, -a foreseen
privado, -a favorite
producir (produzco) to produce
profanar to profane
promesa promise
prometer to promise
prometido, -a fiancé/fiancée
pronto soon
propicio, -a favorable

propio, -a own
punta tip

Q

queja complaint
quejar(se) to complain
quemar to burn
quitar to take away

R

rapaz, el young boy
rayo thunderbolt
razón, la reason
reaccionar to react
real royal
red, la net
refugiar to take refuge
regazo lap
rehusar to refuse
reírse (me río) to laugh
reja iron grate covering a window
relatar to recount, to relate, to tell
remordimiento remorse
renacer to be reborn
rendir (rindo) to subdue
reñir (riño) to fight, to squabble
reparar to repair
repetir (repito) to repeat
replicar to reply
rescatar to rescue
respeto respect
respirar to breathe
respuesta answer
retirarse to move away
riesgo risk
risa laughter
romance, el poetry, ballad
rostro face
roto, -a broken
rumbo a toward

S

sabio, el wise man
sacar to take out
sacro, -a sacred, holy

sagrado, -a sacred, holy
salado, -a salty
saltar to jump
saludar to greet
salvar to save
sangre, la blood
satisfecho, -a satisfied
seducido, -a seduced
seductor, -a deceiver, seducer
según according to
seguro, -a sure
seña sign, mark, signal
sencillo, -a simple
sepulcro tomb, grave
sereno cool night air
sereno, -a serene
servicio service
sierra mountains
siglo century
significado significance
signo sign, mark
siguiente next, the following
sirviente, el o la servant
soberbia presumption, arrogance
sobre, el envelope
sobre on top
sobrino, -a nephew/niece
socorrer to help
socorro help
sólo only
solucionar to solve
son, el song
sordo, -a deaf
sorprendido, -a surprised
sortija ring
sosiego peace of mind
sospechar to suspect
sostener (sostengo) to support, to
    maintain
suceder to happen
sudor, el perspiration
sufrir to suffer
suponer (supongo) to suppose
suspirar to sigh
suspiro sigh

T

taberna tavern
tardar to delay, to put off

temer to fear
temerario rash, daring
temor, el fear
testigo witness
tiernamente tenderly
tigre, el tiger
título title
tocino bacon
toronjil, el lemon balm
torre, la tower
traición, la treason
traidor, el betrayer, traitor
transcurrir to elapse, to pass away
    (*time*)
trasladar to move
trébol, el clover leaf
trémulo quivering, shaking
tumba tomb
turbado, -a perturbed

U

ultratumba the state beyond the grave

V

valentía courage
vela sail; candle
vencer (venzo) to defeat, to subdue
venganza vengeance
vengar(se) to avenge oneself
verdadero, -a true, truthful
vestido dress, dressed
víbora viper, poisonous snake
vihuela viola (*old style of Spanish
    guitar*)
vil despicable
villano, -a villager; villain
vinagre, el vinegar
virtud, la virtue
virtuoso, -a virtuous
volador so fast that it flies . . . ,
    flying
voluntad, la will

Y

yegua mare

Z

zagal, el young shepherd
zaguán, el vestibule

NTC SPANISH TEXTS AND MATERIALS

Computer Software
Basic Vocabulary Builder on Computer
Amigo: Vocabulary Software

**Videocassette, Activity Book,
and Instructor's Manual**
VideoPasaporte Español

Graded Readers
Diálogos simpáticos
Cuentitos simpáticos
Cuentos simpáticos
Beginner's Spanish Reader
Easy Spanish Reader

Workbooks
Así escribimos
Ya escribimos
¡A escribir!
Composiciones ilustradas
Spanish Verb Drills

Exploratory Language Books
Spanish for Beginners
Let's Learn Spanish Picture Dictionary
Spanish Picture Dictionary
Getting Started in Spanish
Just Enough Spanish

Conversation Books
¡Empecemos a charlar!
Basic Spanish Conversation
Everyday Conversations in Spanish

Manual and Audiocassette
How to Pronounce Spanish Correctly

**Text and Audiocassette Learning
Packages**
Just Listen 'n Learn Spanish
Just Listen 'n Learn Spanish Plus
Practice and Improve Your Spanish
Practice and Improve Your Spanish
Plus

High-Interest Readers
Sr. Pepino Series
La momia desaparece
La casa embrujada
El secuestro

Journeys to Adventure Series
Un verano misterioso
La herencia
El ojo de agua
El enredo
El jaguar curioso

Humor in Spanish and English
Spanish à la Cartoon

Puzzle and Word Game Books
Easy Spanish Crossword Puzzles
Easy Spanish Word Games & Puzzles
Easy Spanish Vocabulary Puzzles

Transparencies
Everyday Situations in Spanish

Black-line Masters
Spanish Verbs and Vocabulary Bingo Games
Spanish Crossword Puzzles
Spanish Culture Puzzles
Spanish Word Games
Spanish Vocabulary Puzzles

Handbooks and Reference Books
Complete Handbook of Spanish Verbs
Spanish Verbs and Essentials of Grammar
Nice 'n Easy Spanish Grammar
Tratado de ortografía razonada
Redacte mejor comercialmente
Guide to Correspondence in Spanish
Guide to Spanish Idioms

Dictionaries
Vox Modern Spanish and English Dictionary
Vox New College Spanish and English Dictionary
Vox Compact Spanish and English Dictionary
Vox Everyday Spanish and English Dictionary
Vox Traveler's Spanish and English Dictionary
Vox Super-Mini Spanish and English Dictionary
Cervantes-Walls Spanish and English Dictionary

For further information or a current catalog, write:
National Textbook Company
a division of *NTC Publishing Group*
4255 West Touhy Avenue
Lincolnwood, Illinois 60646-1975 U.S.A.